Gulliver Taschenbuch 743

Jan de Zanger, geboren 1932 in Schiedam/Niederlande, arbeitete nach dem Studium als Lehrer und später bei der Stiftung Lehrplanentwicklung in Enschede. Von 1989 an lebte er als freier Schriftsteller in Zwiep. Er veröffentlichte Übersetzungen aus dem Dänischen, Schwedischen und Norwegischen und schrieb Gedichte, Kurzgeschichten, mehrere Jugendromane und Kinderbücher. Jan de Zanger ist 1991 gestorben.

Jan de Zanger

Dann eben mit Gewalt

Roman

Aus dem Niederländischen von
Siegfried Mrotzek

BELTZ
& Gelberg

Für *Dann eben mit Gewalt* wurde Jan de Zanger mit dem Gustav-Heinemann-Friedenspreis und dem Preis der Leseratten des ZDF ausgezeichnet.

Dieses Buch ist auf Papier aus
chlorfrei hergestelltem Zellstoff gedruckt.

Gulliver Taschenbuch 743
1995 Beltz Verlag, Weinheim und Basel
Programm Beltz & Gelberg, Weinheim
Lizenzausgabe

Die Originalausgabe erschien 1986 u. d. T.
Desnoods met geweld bei Uitgeverij Leopold BV, Amsterdam
Reihenlayout und Einband von Wolfgang Rudelius
Gesamtherstellung Druckhaus Beltz, 69494 Hemsbach
Printed in Germany
ISBN 3 407 78743 X
7 8 9 10   02 01 00 99

1

So hatte er sie noch nie gesehen. Er glaubte, sie langsam zu kennen, aber so, wie er sie nun durch den fast leeren Flur marschieren sah, so hatte er sie noch nie gesehen.
An der gewohnten Stelle, im Umkleideraum an der Treppe zum Fahrradkeller, hatte er bis zur letzten Minute gewartet. Seit Tagen versuchten beide, so früh wie möglich in der Schule zu sein, dann konnten sie sich noch eine Weile unterhalten. Aber heute war sie erst spät gekommen. Als der erste Andrang im Umkleideraum vorbei war und nur noch ab und zu jemand hereingestürmt kam, die Tasche auf den Boden warf und den Mantel aufhing, hatte er plötzlich gesehen, daß das Hakenkreuz doch nicht ganz verschwunden war. Die Stelle an der Wand war vergangene Woche sofort überpinselt worden, aber die dicken schwarzen Balken waren unter der weißen Wandfarbe doch noch zu erkennen. Von den Wörtern, die darunter gestanden hatten, war nichts mehr zu sehen.
In dem Moment, da er auf seine Uhr schaute, hörte er das erste Klingeln. Jetzt mußte er wirklich gehen. Johannssen konnte unangenehm werden. Sobald es zum zweiten Mal klingelte, machte er die Tür zu, und selbst wenn man sie nur eine Sekunde später wieder aufmachte und hinein wollte, schickte er einen wieder weg. Zu spät war zu spät. Briefchen beim Hausmeister holen, nach drei Briefchen zum Konrektor – und das war Johannssen selbst.
Er hatte sich durch das Gewimmel auf der Treppe nach

oben gedrängelt. Am Anfang des Flures guckte er auf seine Uhr. Noch fast zwei Minuten. Johannssen stand mit der Hand auf der Türklinke vor dem letzten Klassenzimmer. Er konnte sich Zeit lassen. Während er langsam weiterging, schaute er ab und zu über die Schulter. Er war schon dicht vor Johannssen, als er sie kommen sah. So hatte er sie noch nie gesehen.

Sie lief nicht etwa, um rechtzeitig in der Klasse zu sein, sie marschierte durch den Flur. Fest setzte sie die Absätze ihrer braunen Stiefel auf die Fliesen. Über ihren Jeans trug sie einen schwarzen Pullover. Den Kopf mit den glatten, schwarzen Haaren hielt sie ein wenig schräg; sie schaute nicht nach links und nicht nach rechts. Er sah, daß Malsagen ihr lange nachschaute, bevor er die Tür des ersten Klassenzimmers auf dem Flur hinter sich zumachte.

Er fühlte eine Wärme in sich aufsteigen. Ja, so war sie, seine Sandra, stolz und schön. Sogar die Lehrer glotzten ihr nach.

„Kommst du rein, Lex", hörte er Johannssen dicht hinter sich sagen.

Verdammter Buchhalter, dachte er. Immer genau auf Zeit, alles tipptopp, wie es sich gehört. Setze in eine Endsumme nicht zufällig einen Punkt, wenn da ein Komma stehen muß, der kreidet es dir als Fehler an, auch wenn der größte Dummkopf sehen kann, wie's gemeint ist.

Er gab Sandra ein Zeichen, daß sie sich beeilen sollte, drehte sich um und ging in die Klasse. Er schlenderte zu seinem Platz am Fenster und legte seine Sachen auf den Tisch.

„Hast du's gemacht?" fragte Gerd neben ihm.

Er nickte, wobei er die Tür im Auge behielt. Johannssen hatte die Hand auf der Klinke. Sobald die Klingel ertönte, würde er hereinkommen, und wenn Sandra nur fünf Meter entfernt wäre.

Sie huschte gerade noch vor Johannssen in die Klasse.
Er erschrak, als er sie jetzt aus der Nähe sah.
Es wurde still in der Klasse, aber nicht, weil Johannssen reingekommen war, sondern weil plötzlich alle Sandra anstarrten.
„Was ist passiert?“ fragte Saskia. „Bist du hingefallen?“
Sandra antwortete nicht, ging, die Tasche umgehängt, durch die Reihen zu ihrem Platz schräg hinter ihm. Fast ohne den Kopf dabei zu bewegen, sah sie ihn kurz an.
„Hallo“, sagte sie leise. Sie hatte eine geschwollene Lippe und eine große Schürfwunde über dem linken Auge. Sie hielt den Kopf ein bißchen schräg.
„Was ist denn?“ fragte er nach hinten.
„Gleich“, antwortete sie.
Johannssen ordnete noch einmal die Bücher auf seinem Tisch, nahm das Klassenbuch, schaute die Reihen entlang und zeichnete dann mit seinem Kürzel. Er fragte nie, ob jemand fehlte, er wußte genau, wer in welcher Klasse auf welchem Platz zu sitzen hatte. „Ihr habt für heute eine Bilanzrechnung gemacht“, sagte er.

„Was ist denn passiert?“ fragte er. Mit der Linken führte er sein Fahrrad auf dem Bürgersteig, den rechten Arm hatte er ihr um die Schulter legen wollen, aber sie hatte ihn abgewehrt.
„Tu’s nicht“, sagte sie. „Mir tut alles weh, wenn ich mich bewege. Wenn du mich dann auch noch anfaßt, wird’s nur noch schlimmer.“
Wenig später nahm sie dann doch seine rechte Hand. Hand in Hand gingen sie weiter.
„Ich bin heute morgen mit dem Bus gekommen“, erzählte sie. „Ich konnte nicht radfahren. Wenn wir gleich etwas weiter weg sind, erzähle ich dir alles. Jetzt nicht. Nicht hier.“

In den Pausen waren sie nebeneinander auf dem Flur herumgelaufen. In der Pause um elf Uhr hatten sie an der Schulhofmauer in der Sonne gestanden. Die Sonne begann schon, kräftiger zu werden. Er hatte gehofft, sie würde ihm nun alles erzählen, aber sie hatte um sich geschaut und geschwiegen.

In der Mittagspause hatten sie in der Kantine zwischen den anderen aus ihrer Klasse nebeneinander an einem Tisch gesessen. Sie waren ein Pärchen, sie gehörten zusammen, das durfte jeder wissen, und das wußten mittlerweile auch alle, also brauchten sie kein Geheimnis daraus zu machen.

„Ich hab so'n steifen Nacken", hatte sie nach der Stunde mit Johannssen gesagt. „Ich kann kaum den Kopf bewegen."

Jetzt ging sie neben ihm. Sie schaute stur vor sich hin, hielt den Kopf aber immer noch ein bißchen schräg. Sie ging gerade, die Schultern mehr durchgedrückt als er es von ihr kannte. Ihr glattes, schwarzes Haar wippte bei jedem Schritt mit.

„Angenehm, die Sonne", sagte sie. „Man spürt, daß es Frühling wird. Ich hab heute morgen in der Stunde von Malsagen in meinen Kalender geguckt. Den Typ seh ich lieber nicht an. Dann fängt der auch an, mich anzustarren. Der zieht mich mit den Augen aus. Und da sah ich in meinem Kalender, daß übermorgen der Einundzwanzigste ist. Frühlingsbeginn."

Sie schwieg.

Er sah sie von der Seite an. Das war eigentlich gar nicht Sandras Art, über Belanglosigkeiten zu reden.

„Lex", sagte sie plötzlich, „ich habe Angst! Man sagt, es würde ein heißer Sommer werden, ein langer, heißer Sommer!"

„Wer hat das gesagt?"

„Die Typen gestern abend."

Er wollte sofort reagieren, aber sie sprach weiter, schnell, als müßte alles auf einmal raus. „Ich weiß nicht, ob sie mir aufgelauert haben oder ob ich ihnen zufällig begegnet bin. Sie waren plötzlich da. Ich konnte nicht einmal sehen, wie viele es waren. Sechs oder sieben, glaube ich. Jungs, jünger als wir."

„Kennst du sie?"

„Nein. Aber sie müssen von unserer Schule sein. Darum wollte ich in der Schule auf keinen Fall darüber reden. Man weiß nie, ob jemand zuhört. Ich war kurz bei Elly. Bei uns zu Hause war wieder so'n Krach. Robbi hatte wieder was ausgefressen, ich weiß nicht genau, was los war, aber meine Eltern waren beide wütend. Und dann meinte meine Mutter, mein Vater wäre zu streng mit ihm gewesen, und darüber kriegten sie dann Streit. Da mußte ich einfach kurz raus. Ich hab eine Weile bei Elly gesessen und mich mit ihr unterhalten. Bis zur Tagesschau um acht Uhr. Die will ihr Vater immer sehen, da darf nicht gesprochen werden. Da bin ich nach Hause gegangen. Ich hab den kürzesten Weg genommen. Durch die Molenstraat.

Ich war grad vorm Schaufenster des großen Möbelgeschäfts, das da ist, du weißt schon..."

Er nickte.

„Da hörte ich sie auf der anderen Straßenseite plötzlich sagen: ‚Da ist sie ja, die Schwarze! Das Mädchen von Lex Verschoor. Der werden wir mal 'ne Lektion erteilen.' Ich konnte nicht viel sehen, ich hörte sie nur ankommen. Da bin ich losgerannt, aber sie waren schneller als ich. Wenigstens einer. Der lief neben mir und gab mir einen Stoß, daß ich an die Mauer flog, und dann waren sie plötzlich alle da. Einer von den Typen ist mir in den Rücken gesprungen, da bin ich auf die Knie gegangen, aber ich bin gleich wieder aufgestanden. Ich hab um mich geschlagen. Da hielten sie mir die Arme fest und haben mir den Schal vor die Augen gezogen. Sie haben mich überall gekniffen und geschlagen. Ich konnte nur noch treten. Ich hoffe, daß ich gut getroffen habe. Als ein Auto kam, kriegte ich wieder einen Stoß, und dann waren sie auch schon weg."

„Verdammt", sagte er. „Die Schufte. Hast du einen erkannt?"

„Nein", antwortete sie. „Dafür war es schon viel zu dunkel. Und sie hatten mir ja den Schal vors Gesicht gezogen. Ich hab nur gesehen, daß sie alle die gleichen Jacken trugen. So'n glänzendes Nylon. Ziemlich dunkel. Blau oder grün, glaube ich. Und sie hatten alle Strickmützen auf, runtergezogen bis dicht über die Augen. Als sie wegrannten, als das Auto kam, nahmen sie die Mützen ab."

Sie blieb stehen.

„Moment", sagte sie. „Als sie weggerannt sind, waren sie fast nicht zu hören. Sie hatten also Schuhe mit sehr weichen Sohlen an. Von einem Typ hab ich die Schuhe gesehen. Ich glaube, das waren Armeeschuhe, diese hohen Schnürstiefel mit den weichen Sohlen. Die hatte Eddy auch, als er Soldat war. Die hat er einmal angehabt, als er für ein Wochenende nach Hause kam."

„Strolche in Uniform", sagte er, „die nur Mut haben, wenn sie in der Clique sind, wenn sie keine Angst zu haben brauchen, daß sie erkannt werden."

„Ich glaube, das waren dieselben, die im Umkleideraum das Hakenkreuz an die Wand geschmiert haben", sagte sie. „Bevor sie mich losließen, hat mir einer ins Ohr gesagt: ‚Sag deinem Freund, daß du jetzt weißt, was White Power bedeutet, und daß du jetzt auch weißt, wie wir das Land sauber kriegen.' Dann haben sie erst kurz miteinander gequatscht, und dann redeten alle auf mich ein. Sie sprachen von einem langen, heißen Sommer. Und ich sollte dich warnen, du solltest dich nicht mehr mit mir se-

hen lassen. Weiß ist weiß, sagten sie, und ich sollte mich an meine eigene Knoblauchrasse halten."
„Weiß ist weiß", wiederholte er. „Weißt du das genau?"
„Ja", sagte sie. „Da bin ich absolut sicher."

2

Weiß ist weiß, dachte er. Das konnte doch kein Zufall sein? Sandra, die eines Abends mitten in der Stadt von einer Horde Jungen in nachgemachten Uniformen verprügelt wurde, von Jungen, die sich selbst White Power nannten. Nicht besonders originell. Fehlte nur noch, daß sie sagten, weiß wäre schön.

Sandra war schön, so dunkel wie sie war. Die Schwarze, hatten die Kerle gesagt. Er schämte sich jedesmal, wenn er das hörte. Sandra war schön, und sie war lieb.

Heute mittag hatte er sie bis an die Haustür ihres Hochhauses gebracht. Sie wollte nicht, daß er noch mit reinging, und sie reagierte auch nicht, als er sagte, er müßte heute abend noch spielen.

„Gehst du mit?" hatte er gleich darauf gefragt. „Es ist das vorletzte Spiel der Meisterschaft. Wenn wir heute abend gewinnen, können wir nächste Woche Meister werden."

Sie hatte nein gesagt. „Ich fühl mich überhaupt nicht gut, mir tut's überall weh."

Er hatte versucht, sie zu überreden, aber sie blieb bei ihrer Entscheidung.

„Ich hoffe, ihr gewinnt", hatte sie gesagt. „Wir sehen uns ja morgen in der Schule."

Es war ein schlechtes Spiel geworden, sie hatten 2:7 verloren, und das war zum größten Teil seine Schuld. Als er in die Oberstufe des Gymnasiums kam, hatte er mit dem Vorstand des Wasserballvereins gesprochen. Er wußte genau, daß er einen Platz in der ersten Mannschaft verdient hatte und daß er dort auch gebraucht wurde. Aber die Schule war schließlich wichtig, und darum wollte er vorläufig in der Zweiten spielen. Da waren die Erwartungen nicht so hoch, und da brauchte er nicht so oft zu trainieren.

In der zweiten Mannschaft war er der Spieler, der die meisten und schönsten Tore machte, aber heute abend war er in Gedanken nicht dabeigewesen. Er hatte immer daran denken müssen, was Sandra ihm erzählt hatte – und wie sie sich heute nachmittag benommen hatte. Wenn sie ein Heimspiel hatten, war sie fast immer dabei, und sogar zu Auswärtsspielen ging sie oft mit. Heute hatte sie zu Hause bleiben wollen. Der Grund dafür konnten nicht nur die Schmerzen sein, die sie hatte, die Sache gestern abend mußte sie sehr geschockt haben.

Dabei wäre es so einfach für sie gewesen. In der zweiten Mannschaft spielten auch ein paar Ältere, die einen Wagen hatten. Einer davon hatte ihn zu Hause abgeholt und nach dem Spiel wieder bis vor die Haustür gebracht. Sie waren bei Sandra vorbeigekommen. In ihrem Zimmer hatte noch Licht gebrannt.

„Da hat jemand angerufen", hatte seine Mutter gesagt, als er nach Hause kam.

„Wer denn?"

„Er hat keinen Namen genannt. Ein Junge, glaube ich. Der fragte, ob du zu Hause wärest. Es wird wohl jemand sein, den du kennst, denn als ich sagte, du wärst nicht zu Hause, fragte er, ob du zu Sandra gegangen bist."

„Was hast du gesagt?"

„Daß du heute abend ein Spiel hättest. Er will noch mal anrufen."

Er hatte die Schultern gezuckt und gute Nacht gesagt. Er war auf sein Zimmer gegangen und hatte sich aufs Bett fallen lassen.

Weiß ist weiß, die gleichen Worte, die vor gut zwei Wochen im Umkleideraum an der Wand gestanden hatten.
An jenem Morgen war er ziemlich früh in der Schule gewesen. Die Kleiderhaken waren noch fast alle leer. Er hängte seine Jacke auf und drehte sich um, um auf Sandra zu warten. Da stand er genau davor. Auf die weiße Wand neben dem Treppenaufgang aus dem Fahrradkeller war mit dicker, schwarzer Farbe ein Hakenkreuz gemalt. Darunter stand, mit etwas weniger fetten Strichen: WEISS IST WEISS.
Die ganze Schule hatte darüber gesprochen, die meisten mit Entrüstung, viele Schüler aus den unteren Klassen aufgeregt und hitzig, weil endlich wieder etwas Ungewöhnliches passiert war, und das war immer spannend.
Es war alles noch schlimmer geworden, als sie in der ersten Stunde bei Malsagen das seltsame Zeichen auf der Tafel sahen, ein S, wie sie es aus dem Geschichtsunterricht für die SS kannten, aber jetzt war es nur eins und hatte unten eine abwärts zeigende Pfeilspitze. Es sah fast so aus wie ein naiv gezeichneter Blitz. Unter der Pfeilspitze stand in gut leserlicher Handschrift: *Tod allen Eindringlingen!*
Malsagen hatte sofort gesagt, daß er nicht wüßte, wer das auf die Tafel geschmiert hätte. Aber er hatte es stehenlassen und eine Stunde Unterricht in jüngerer Geschichte gegeben.
„Ja", hatte er gesagt, „ihr seht hier eine ... eh ... mal sagen typische Äußerung des Neo-Faschismus, wie sie heute leider wieder sehr häufig sind. Wir haben uns neulich schon einmal darüber unterhalten, was die ... mal sagen politischen Folgen des Nazi-Regimes für Europa sind. Die Teilung in Ost und West, der Kalte Krieg, die ... militärischen Bündnisse. Dies hier scheint mir eine günstige Gelegenheit zu sein, um über die menschlichen ... oder

mal sagen unmenschlichen Aspekte des Faschismus zu sprechen." Er hatte endlos gelabert über die Nazi-Theorien, über mehr oder weniger wertvolle Menschen, die kräftigen, blonden Germanen und die Russen und Polen, die von ihnen wie Vieh behandelt wurden, über den Versuch, Juden und Zigeuner in den Vernichtungslagern systematisch auszurotten.

„Hitler und seine Leute hatten auch Theorien über ... mal sagen Rassenvermischung, die für die germanische Rasse den Untergang bedeuten würde. Und vergleichbare Ideen sehen wir heute bei uns wieder aufkommen. Zum Glück in kleinerem Umfang, aber trotzdem... Es ist meine Aufgabe, euch in Geschichte zu unterrichten, und ich meine, ich sollte das so vorurteilsfrei wie möglich tun, aber als Historiker habe ich mich ausführlich genug mit der jüngsten Geschichte befaßt, um vor solchen ... mal sagen verabscheuenswerten Parolen wie hier auf der Tafel warnen zu können."

In der vierten Stunde bei Fischer hatten sie gehört, daß in allen Klassen der Blitzpfeil mit der gleichen Unterschrift auf der Tafel gestanden hatte. Fischer erzählte, daß der Rektor vor Wut schäumte. Die Putzfrauen wären gestern nach dem Unterricht in allen Räumen gewesen, der Hausmeister hätte um sechs Uhr seine letzte Runde ebenfalls durch alle Klassenräume gemacht und die Haustüren abgeschlossen. Heute morgen wären alle Türen verschlossen und keine Einbruchsspuren zu finden gewesen, und trotzdem mußte jemand die Gelegenheit gehabt haben, abends oder in der Nacht im Umkleideraum ein Hakenkreuz an die Wand zu malen und in mehr als fünfzig Klassen die Parole an die Tafeln zu schmieren.

Einige Schüler hatten versucht, mehr aus Fischer herauszuholen. Als Lehrer in Gemeinschaftskunde müßte er dazu doch etwas zu sagen haben?

Fischer hatte sich hinter sein nichtssagendes Lächeln zurückgezogen. Selbstverständlich hätte er darüber eine Meinung, aber es ginge doch jetzt nicht darum, was er davon hielt. Er würde gern in einer Reihe von Unterrichtsstunden darauf zurückkommen, aber erst müßten sie das Thema abrunden, mit dem sie gerade beschäftigt wären, und das würde noch ein paar Wochen dauern. Lex war neugierig, wie Fischer an die Sache herangehen würde.

Sein linker Arm war eingeschlafen. Er hatte zu lange stillgelegen. Die Halunken! Warum mußten sie sich ausgerechnet Sandra vornehmen? Nur weil sie ein Halbblut war?
Er schaute auf die Armbanduhr.
Kurz vor halb zwölf. Eigentlich müßte er noch Schularbeiten machen. Dazu war er heute nachmittag auch nicht gekommen. Er richtete sich auf, ließ die Beine von der Bettkante baumeln, blieb still sitzen und schaute zu seinem Schreibtisch hinüber, auf dem die Bücher für morgen und der Stundenplan lagen.
Widerwillig stand er auf und ging die zwei Schritte zu seinem Schreibtisch, wo er sich langsam auf den Stuhl sinken ließ. Das verdammte Ding knarrte immer, und wenn seine Mutter hörte, daß er noch nicht im Bett lag, kam sie natürlich und fragte, wann er denn endlich schlafen wollte. Er hätte den Schlaf doch so bitter nötig. Sie meinte es gut, aber manchmal empfand er ihre Fürsorge wie eine erstikkende Decke. Wenn er zu Hause war, ließ sie ihn keine Minute aus den Augen, und wenn er nicht da war, kriegte sie kein Auge zu. Das behauptete sie jedenfalls.
Seit Jenny verheiratet war, war es noch schlimmer geworden.
Die Hochzeit! Bei dem Gedanken mußte er grinsen.
Jenny war und blieb doch eine bürgerliche Gans. Sie hat-

te sich natürlich von seiner Mutter rumkriegen lassen. Und der brave Albert hatte alles gut gefunden, der war viel zu verliebt, um noch selbständig denken zu können. Es mußte eine stilvolle Hochzeit werden, die Braut im langen, weißen Kleid und Albert im dunklen Anzug. Also mußten alle Damen was Langes anziehen. „Sandra auch?" hatte er gefragt. Er hatte sie noch nie anders als in Jeans gesehen.
Erst hatten alle geschwiegen. Jenny hatte Mutter mit einem ziemlich hilflosen Blick angeschaut.
„Natürlich", hatte seine Mutter dann gesagt. „Wenn alle Damen lang tragen, können wir für Sandra doch keine Extrawurst braten."
„So lange kennst du Sandra doch gar nicht", hatte Jenny noch zu argumentieren versucht. „Wie lange kommt sie jetzt hierher? Drei Monate?"
Und Sandra war dabeigewesen, bei der Hochzeit vor etwas mehr als einem Monat. Und wie! Sie war in Jeans gekommen und hatte sich dann in Mutters Schlafzimmer umgezogen. Als sie nach unten kam, wollte er kaum seinen Augen trauen. Neben ihr war er sich wie ein kleiner Junge vorgekommen, wie ein Schuljunge neben einer erwachsenen Frau. Sie hatte sich sehr dezent geschminkt, ihre Augen wirkten etwas größer als normal. Sie hatte das Haar nach hinten gekämmt, was sie sofort etwas orientalischer aussehen ließ, mehr ihrem Vater als ihrer Mutter ähnelnd.
Die Verwandten hatten neugierig reagiert, keiner hatte sie jemals vorher gesehen, und er hatte natürlich bemerkt, wie die Männer sie musterten. Alberts Bruder war den ganzen Tag nicht von ihr wegzukriegen.
„Sandra Noya", hatte sie sich immer wieder vorgestellt. Und wenn es nötig war, hatte sie hinzugefügt: „Ich bin die Freundin von Lex." Das sagte sie dann in einem Ton, als wäre das eigentlich eine Selbstverständlichkeit.

Und sie war gestern verprügelt worden. Er mußte herausbekommen, wer das getan hatte. Dann könnten die eine Tracht Prügel wiederhaben.

Er war nicht aufnahmefähig. Und wenn er noch so lange auf die Seiten starrte, nichts drang zu ihm durch. Er mußte es einfach riskieren. Wenn er ein bißchen Glück hatte, kam er morgen nicht dran.
Vorsichtig stand er auf. Der Stuhl knarrte nur sehr leise. Er steckte die Bücher in die Schultasche, zog sich aus und kroch ins Bett.
Sandra Noya, ich bin die Freundin von Lex. Ein Glückstreffer in der Lotterie, hatte Alberts Bruder gemeint, als sie nebeneinander in der Toilette standen. Unbemerkt war er einmal um den großen Tisch herumgegangen und hatte auf die Tischkärtchen geguckt. Jenny war zum Glück so vernünftig gewesen, Sandra und ihn nebeneinander zu setzen. Ihm war aufgefallen, daß Alberts Bruder sich bei jeder Gelegenheit zu ihr vorbeugte, um ihr in den Ausschnitt glotzen zu können. Der Schleimer.
Ein Glückstreffer in der Lotterie, so hatte er es auch empfunden. Im zehnten Schuljahr war sie zu ihm in die Klasse gekommen. Das war jetzt anderthalb Jahre her. An jenem schwülen Augusttag hatten sie alle in die Aula kommen müssen, alle Schüler, die jetzt in den zehnten Klassen der Hauptschule, der Realschule und des Gymnasiums waren. Der Direktor hatte eine Rede gehalten, hatte davon gesprochen, daß dies für sie ein wichtiges Jahr sei, denn es würde sich entscheiden, ob sie ihren Hauptschulabschluß oder ihren Realschulabschluß bekommen, oder in die nächste Klasse versetzt werden würden. Und dann hatte sich Johannssen mit einem Pakken Papiere auf die Bühne gestellt. Endlose Reihen von Namen hatte er vorgelesen, und eine Klasse nach der anderen hatte mit ihrem Lehrer die Aula verlassen. Erst die

Hauptschulklassen, dann die Realschulklassen, bis nur noch ungefähr achtzehn Schüler übrig waren, die Gymnasiasten.
Er hatte sich leise mit Wim unterhalten, bis der aufgerufen wurde.
Da hatte er sich in dem nun fast leeren, riesigen Raum umgesehen und sich gefragt, wer wohl das Mädchen mit den scharzen Haaren wäre, das ganz allein ein paar Reihen vor ihm saß. Er hatte es bald erfahren.
„Sandra Noya", hatte Johannssen gesagt, da war sie aufgestanden und zu den anderen gegangen, kerzengerade und fast ein wenig unnahbar.
Er hatte ihr nachgeschaut, bis Johannssen ihn aufrief.
„Lex Verschoor."
Er hatte versucht, in ihre Nähe zu kommen, aber das war ihm nicht gelungen, wie es ihm das ganze folgende Schuljahr nicht gelang.

Er wußte nicht mehr, wer die Idee hatte, aber plötzlich stand fest, daß das Schuljahr mit einer Fete abgeschlossen werden sollte. Um die Versetzungen in die elfte Klasse zu feiern und die Sitzenbleiber zu trösten. Bei Anne war Platz, und ihre Eltern hatten nichts dagegen.
Eine richtige Fete war es eigentlich nicht geworden, dafür kannten sie sich untereinander wohl nicht gut genug. Selbstverständlich hatte jeder jemanden, mit dem er mehr als mit anderen Kontakt hatte, aber ihre wirklichen Freunde hatten sie alle außerhalb der Schule, wie er selbst ja auch den größten Teil seiner Freizeit im Schwimmbad verbrachte.
Sie hatten sich fast nur in den kleinen Gruppen unterhalten, die sich auch schon in der Klasse gebildet hatten. Die Gespräche drehten sich um das einzige gemeinsame Thema, die Schule und die Lehrer. Anne versuchte, Schwung in den Laden zu bringen, indem sie eine Platte

nach der anderen auf den saumäßig teuren Stereoturm ihres Vaters legte, aber niemand tanzte.
Es war nicht ungemütlich, aber es wurde nicht die Fete, die er erhofft hatte. Um halb zwölf schauten die ersten unverhohlen auf die Uhr, und als Irene und Carla um Viertel vor zwölf aufstanden und sagten, sie müßten um zwölf zu Hause sein, war das das Zeichen zum allgemeinen Aufbruch.
Auf der Straße hatten sie sich noch unterhalten, bis ihnen plötzlich selbst auffiel, wie laut ihre Stimmen in der ruhigen Villengegend klangen. Er hatte schmunzeln müssen, als er sah, daß man daraus, wohin die Vorderräder zeigten, schließen konnte, in welche Richtung jeder gleich davonfahren würde. Er selbst war zu Fuß gekommen. Er hatte es ja nicht sehr weit, und er hatte sich Zeit gelassen, denn als erster hatte er nicht kommen wollen. Alle winkten noch einmal Anne und ihrer Schwester Ines in der erleuchteten Türöffnung zu, alle riefen sich gute Wünsche für die Ferien zu, im August sähe man sich wieder .... und dann stand er da plötzlich allein mit Sandra und Carla auf dem Bürgersteig.
„In welche Richtung müßt ihr?“ fragte er.
Sie deuteten nach rechts.
„Ich auch“, sagte er.
Carla ging neben ihm, und als er zur rechts neben ihr gehenden Sandra schaute, fiel ihm erst auf, wie klein sie doch war. Sie ging stets sehr gerade, fast unnahbar, und das ließ sie größer aussehen als sie wirklich war. Carla war so groß wie er, Sandra einen Kopf kleiner.
Nach fünfhundert Metern war er mit Sandra allein.
„Ich bin schon da“, hatte Carla gesagt. „Also dann ... schöne Ferien wünsche ich euch, und in der Elften sehen wir uns dann ja wieder. Tschüß!“
Und weg war sie.
„Wo wohnst du?“ hatte Sandra gefragt.

„Statthalterweg", hatte er geantwortet. „Und du?"
„Thorbeckestraat."
„Wo ist das?"
„Gleich hinter dem großen Supermarkt."
Er hatte genickt, dann aber sofort daran gedacht, daß sie das in der Dunkelheit ja doch nicht sehen konnte.
„Ich bringe dich nach Hause", hatte er ihr angeboten. „Für mich ist das kein großer Umweg, und das Wetter ist schön."
Schweigend gingen sie eine Weile nebeneinander her. Als er bemerkte, daß sie sich anstrengen mußte, mit ihm Schritt zu halten, ging er langsamer. Aus den Augenwinkeln musterte er sie. Ihr glattes, schwarzes Haar tanzte im Licht der Straßenlaternen.
„Wie hat's dir gefallen?" fragte er.
Ganz kurz schaute sie ihn an, antwortete dann: „Ich weiß nicht ... eigentlich war's ganz gemütlich."
„Das hört sich nicht gerade begeistert an."
Plötzlich blieb sie stehen, und zwar auf die ihr eigene Art, an die er sich erst Monate später gewöhnt hatte. Ruckartig, als hätte sie einen Krampf im Bein, stand sie wie angewurzelt da. Sie legte ihm eine Hand auf den Arm, drehte sich zu ihm und kam näher an ihn heran.
„Weißt du", sagte sie, „ihr seid so anders, als ich es gewöhnt bin."
„Wie anders?"
„Ihr seid so steif, ihr berührt euch überhaupt nicht. Ihr sitzt den ganzen Abend da und unterhaltet euch, und dabei hat man das Gefühl, ihr hättet Angst voreinander. Ich glaube, indonesische Menschen sind ausgelassener, spontaner, jedenfalls auf einer Fete."
Sie waren weitergegangen und hatten über die Ferien gesprochen. Er würde mit seiner Mutter für drei Wochen nach Frankreich fahren, Sandra würde zu Hause bleiben.

„Ich habe eine Dauerkarte fürs Schwimmbad“, sagte sie. „Wenn’s Wetter schön bleibt, brauche ich mich nicht zu langweilen.“

Er hatte sie bis zur Haustür ihres Hochhauses gebracht.

„Vielleicht sehen wir uns ja im Schwimmbad“, hatte er gesagt. „Ich geh fast jeden Tag hin.“

„Ich werd Ausschau nach dir halten“, hatte sie ihm nachgerufen.

3

„Was für eine Gemeinheit, findest du nicht?“ sagte Martin.
„Was?“ fragte er.
Sie hatten die ersten beiden Stunden Sport gehabt und saßen nun im Umkleideraum nebeneinander auf einer Bank. Mit klatschnassen Haaren war er aus der Dusche gekommen und hatte sich hingesetzt, um sich die Schuhe zuzubinden, als Martin sich neben ihn setzte und ebenfalls an seinen Schuhen herumfummelte.
„Das mit Sandra“, sagte Martin leise.
Lex versuchte, ihn verständnislos anzugucken.
Martin kam mit dem Kopf näher heran.
„Tut mir leid“, sagte er, „ich hatte nicht vor, euch zu belauschen. Aber als sie gestern morgen in die Klasse kam, fiel sie ja auf, nicht. Und nach der Stunde mit Johannssen ging ich zufällig hinter euch. Da ließ es sich gar nicht vermeiden, daß ich hörte, als sie sagte, sie sei zusammengeschlagen worden.“
„Na ... zusammengeschlagen“, meinte Lex. „Sie ist geschlagen worden, das stimmt, und angerempelt und gekniffen...“ Er stand auf, nahm seine Tasche und ging. Sandra würde wohl an der gewohnten Stelle warten.
Sie war nicht da. Während er langsam zum Klassenzimmer ging, fragte er sich, was Martin damit zu tun haben könnte. Er wußte genau, daß Sandra in der Schule nicht darüber gesprochen hatte ... obwohl er selbst von Stunde zu Stunde neugieriger geworden war.

Eigentlich waren sie ein seltsamer Haufen, wie sie hier saßen. Die meisten Gesichter waren aufmerksam auf Fischer gerichtet, einzelne zeichneten Kringel oder Männchen auf Papier.
Fischer sprach von der Machtposition der multinationalen Konzerne. Der Kerl war so rot wie der Teufel, und wenn er sich noch so sehr um Objektivität bemühte, das konnte man ihm trotzdem anmerken.
Lex konnte sich nicht konzentrieren. Der Stuhl hinter ihm war immer noch leer. Nach den Sommerferien waren sie gemeinsam mit dem Fahrrad zur Schule gefahren, und gemeinsam hatten sie sich auch zu den anderen ihrer Klasse gestellt. Sie wurden angestarrt, Blicke wurden gewechselt, aber niemand hatte etwas gesagt. Trotzdem hatten sie sich nicht nebeneinander gesetzt, als sie hinter Verstappen in den Physikraum gegangen waren und den Stundenplan für das neue Schuljahr in Empfang genommen hatten. Sandra hatte ihre Tasche auf den letzten Tisch am Fenster gelegt, er hatte sich an den Tisch vor ihr gesetzt. Gerd hatte sich sofort neben ihn gesetzt, Sandra war allein an ihrem Tisch geblieben.
Er schaute sich in der Klasse um. Eine ruhige Klasse. Alles Leute von der Art, mit denen seine Schwester gern verkehrte, die spielten Hockey oder Tennis, trugen fast nur neue, dunkelblaue Jeans und teure Pullover oder Sweatshirts, die Mädchen oft ein auffallendes Sweatshirt lose über die Schulter geworfen, an den Füßen College-Schuhe oder Stiefel mit hohen Absätzen. Sie mußten unbedingt zeigen, daß sie etwas Besseres waren als die Schüler der Haupt- oder Realschule.
Rechtskonservative Kacker, dachte er. Scheißer. Aber ohne Sandra wäre er selbst vielleicht auch so gewesen.
„Mir bleibt ja nichts anderes übrig", hatte sie eines nachmittags im Freibad zu ihm gesagt. „Wenn ich mich nicht anpasse, fällt jedem sofort auf, daß ich anders bin. Das

hab ich gelernt. Zu Hause bin ich einfach anders als in der Schule. Ich habe eine Freundin, Elly. Wenn ich mit der zusammen in ihrem Zimmer bin, kann ich einfach ich selbst sein. Aber sobald ihr Vater und ihre Mutter dabei sind, merke ich, daß ich eine Rolle spiele."
„Und jetzt?" hatte er gefragt, wobei er ihr mit einem Finger über die Schulter fuhr.
„Bei dir trau ich mich, ehrlich zu sein. Jetzt ja."

Nach der Klassenfete war er noch drei Tage zu Hause geblieben, bevor er mit seiner Mutter nach Frankreich fuhr. Er wollte Sandra sehen. Sie hatte eine Dauerkarte fürs Schwimmbad. Wenn nur das Wetter gut bleibt, hatte sie gesagt. Also meinte sie das Freibad. Da ging er eigentlich nie hin, weil er Sommer und Winter trainieren mußte, aber nun war er doch drei Tage hintereinander hingegangen. Es waren drei trübe Tage gewesen, er hatte sie nicht gesehen, und er hatte schlechte Laune, als er mit seiner Mutter in die Ferien fuhr.
Er hatte soviele Bemerkungen über ihre Fahrkünste gemacht, daß sie irgendwo in Belgien am Straßenrand stehengeblieben war und ihm gesagt hatte, daß er dann ruhig aussteigen dürfte. Es waren langweilige Ferien geworden. Von der Pension in den Vogesen aus hatten sie Wanderungen und Fahrten gemacht, er war ein paarmal allein ins Schwimmbad gegangen, und er hatte gehofft, seine Mutter würde endlich einem anderen Mann begegnen. Es waren ungewöhnlich lange Wochen gewesen.

Schon am ersten Tag nach ihrer Rückkehr ging er sehr früh ins Schwimmbad. Es war ein strahlend schöner Sonntag, so daß es dort so voll war, daß er keine fünf Meter ungestört schwimmen konnte. Auf der Liegewiese hatten sich die Familien so dicht nebeneinander niedergelassen, daß er sich da überhaupt nicht hintraute.

Überall hatte er sich umgesehen, und er war geblieben, bis die Väter versuchten, ihre Kinder zusammenzutrommeln, während die Mütter Handtücher, leere Flaschen und Sonnenöl in die Taschen packten. Sandra war nirgends zu sehen, auch nicht, als er auf dem Heimweg durch die Thorbeckestraat fuhr.

Am nächsten Tag saß sie dann plötzlich neben ihm. Er hatte schlecht geschlafen und sich immer wieder gesagt, er wäre total verrückt. Einmal hatte er das Mädchen bis vor die Haustür gebracht, weil sie beide zufällig die einzigen ohne Fahrrad waren, und sofort hatte er sich hoffnungslos verliebt. Er kannte sie kaum, er wußte nicht einmal, ob sie dieses Schwimmbad gemeint hatte. Trotzdem war er wieder so früh wie möglich hier gewesen und hatte sich dauernd umgesehen. Nach einer Weile war er auf die Liegewiese gegangen, hatte sich auf den Rücken gelegt, den Kopf auf dem zusammengerollten Handtuch, die Arme ganz entspannt an den Seiten. Die Augen hatte er geschlossen, aber das grelle Sonnenlicht konnte er trotzdem auf den Lidern spüren. Als ein Schatten auf sein Gesicht fiel, blickte er ein wenig verärgert auf.

Neben ihm saß Sandra.

„Hast du schöne Ferien gehabt?“ fragte sie.

In dem Moment, als er die Augen öffnete, sah er nur ihre Konturen. Er setzte sich und schaute sie an. Die Sonne war so grell, daß er kurz blinzeln mußte. Dann konnte er sie allmählich klarer erkennen.

„Hast du geschlafen?“ fragte sie.

„Nein“, sagte er und schüttelte mit knapper Bewegung den Kopf, „aber da fehlte wohl nicht mehr viel, glaube ich.“

„Wie waren deine Ferien?“ fragte sie noch einmal.

„So lala. Ein bißchen langweilig. Ist es hier immer so voll gewesen?“

Sie nickte. „Ja. Guck dir das an.“ Sie drehte ihm die

Schulter zu. „Ich hab hier fast jeden Tag in der Sonne gelegen."
Er betrachtete ihre Schultern, über die nur die dünnen, schwarzen Trägerbändchen ihres Badeanzugs liefen. Und er musterte ihre Beine, die sie ausgestreckt hatte. Sie hatte kleine Füße.
„Braun", sagte er. „Sehr braun, fast schwarz auf dem Rücken. Aber ich weiß natürlich nicht, wie braun du von Natur aus bist. Oder darf ich das nicht sagen?"
Sie blickte ihn kurz an.
„Manche Leute haben immer Angst, eine Bemerkung könnte diskriminierend aufgefaßt werden", antwortete sie. „Meine Haut ist dunkler als deine, das hab ich meinem Vater zu verdanken. Das darf jeder wissen, das darf jeder sehen, deswegen brauche ich mich nicht zu schämen."
Erst zwei Tage nach Jennys Hochzeit hatte er gesehen, daß ihre Haut dort, wo sie nie der Sonne ausgesetzt war, sehr hell war, kaum dunkler als seine. An jenem warmen Julitag im Schwimmbad hatte er nur immerzu ihr Gesicht betrachtet, ihre Augen, ihren Mund, auch ihre Haare, die ihr nach dem Schwimmen glatt und schwarz am Kopf lagen und überraschend schnell wieder trocken wurden. Er war so schrecklich verliebt, daß er kaum ein Wort herausbrachte, als sie ihn fragte:
„Lex, ist was?"
Er saß da, die Arme um die Knie geschlungen – sie saß in der gleichen Stellung neben ihm – und sah sie unverwandt an. Er war froh, daß er zwei Tage in der prallen Sonne gesessen hatte. Jetzt fiel es vielleicht nicht so auf, daß er rot wurde.
Er nickte. Ja, natürlich war was...
„Ich kannte dich eigentlich gar nicht", sagte er. „Wir haben ein ganzes Jahr in einer Klasse gesessen, und ich hab dich oft genug angesehen, aber mir kam es immer so vor,

als wärest du ... naja, als wärest du unnahbar. Ich hab mich eigentlich nie getraut, dich anzusprechen. Jetzt haben wir uns eine ganze Weile unterhalten, und das hat eigentlich alles noch schlimmer gemacht."
„Was?" fragte sie leise. Sie hatte die Stirn auf die Arme gelegt. Sie sah ihn nicht an.
„Du ... du scheinst so...", stammelte er, „manchmal glaube ich, du ... wie alt bist du eigentlich?"
„Sechzehn", antwortete sie. „Und du?"
„Siebzehn. Ich hab eine Ehrenrunde gedreht, in dem Jahr, als mein Vater starb."
Er hatte sich auf den Rücken gelegt. Die Hände unter dem Kopf gefaltet sah er sie an. Ihre blauschwarzen Haare, ihr schwarzer Badeanzug, ihre braunen, angezogenen Beine... Er streckte die Hand aus und berührte ihre Hüfte. „Sandra?" sagte er.
Sie blieb ganz still und hob nicht den Kopf.
„Sandra?" sagte er noch einmal. „Ich bin verliebt."
Sie hob den Kopf und sah ihn an. Dann legte sie sich mit schnellen Bewegungen neben ihm auf die Seite. Ganz ernst starrte sie ihn mit ihren dunklen Augen an.
Hatte er etwas Dummes gesagt?
Plötzlich legte sie eine Hand auf seinen Arm und kam noch näher zu ihm herangerückt. Den Mund ganz dicht an seinem Ohr sagte sie: „Sieh dich vor, gleich freß ich dich!"
Dann sprang sie auf, lief über die Wiese zum Wasser und sprang hinein, ohne sich umzuschauen. Er lief hinter ihr her. Er holte sie ein und zog sie am Knöchel zu sich heran, und sie legte ihm die Arme um den Nacken, zog ihn unter Wasser und küßte ihn auf den Mund.

Wie ein Irrer war er mit dem Fahrrad von der Thorbekestraat quer durch die Stadt nach Hause gefahren. Sie hatten sich geküßt, nicht nur unter Wasser, sondern auch

später, am Fahrradstand des Schwimmbades, und vor ihrer Haustür hatte sie die Hand auf seine Hand am Lenker gelegt und gefragt:
„Wann bist du morgen im Schwimmbad?“
Sie waren jeden Tag zusammen, so lange wie möglich, tagsüber im Schwimmbad, und abends auch. Auf den Fahrrädern fuhren sie vor die Stadt...

„Lex, was hältst du eigentlich davon?“
Fischer stand neben ihm. Er sah grinsende Gesichter. Ganz bestimmt hatte er schon ein oder zwei Fragen von Fischer überhört. Hilfesuchend schaute er Gerd an, aber der zog fast unmerkbar die Schultern hoch.
„Entschuldigen Sie, Herr Fischer“, sagte er, „aber ich dachte gerade an etwas ganz anderes.“
„Den Eindruck hatte ich tatsächlich auch“, antwortete Fischer, während er zu seinem Platz vor der Klasse zurückging. Brav den Lehrer immer im Blick behaltend drehten sich die Köpfe wieder nach vorn.
Die Schleimer, dachte er, was sind das doch für Schleimer. Keiner hatte ihn gewarnt, nicht einmal Gerd hatte ihn angestoßen. Scharf auf gute Zensuren, alle, und dafür läßt man dann auch gern einen Klassenkameraden ins offene Messer laufen. Er schaute nach links und nach rechts. Martin hörte aufmerksam zu, was Fischer zu sagen hatte.
Den Burschen durfte er nicht aus den Augen verlieren. Sandra hatte in der Schule nichts von dem Vorfall in der Molenstraat gesagt, und als sie gestern nach Hause gingen, hatte sie sich umgeschaut, ob auch niemand in der Nähe wäre. Martin konnte es nicht von ihr gehört haben, also mußte er es von jemand anderem wissen.
Wer außer den Burschen, die es getan hatten, konnte es noch wissen? Plötzlich fuhr er hoch und saß kerzengrade da. Das hätte er von Martin nie und nimmer gedacht!

4

Er fuhr langsam durch die Stadt. Nach der kurzen Nacht fühlte er sich schlapp und müde. Er konnte es nicht lassen, immer wieder über die Schulter nach hinten zu gukken, aber er sah kein einziges bekanntes Gesicht. Es war viel Betrieb auf der Straße. Viele Frauen mit Kindern, Grüppchen dunkelhaariger Männer in ordentlichen Anzügen, wahrscheinlich arbeitslose Gastarbeiter, und viele Radfahrer, Schüler und Leute, die von der Arbeit kamen. Es war schon nach vier Uhr, Mittwoch war für ihn immer ein langer Schultag.

Er schaute sich noch einmal um. Waren sie jetzt vielleicht auch hinter ihm her?

Auch nachher hatte er nicht viel von Fischers weisen Worten kapiert. Er hatte unverwandt auf Martin Holzmanns Hinterkopf gestarrt. Kurz geschorene Haare, ein Junge, der oft mit akkurat gebügelter Hose zur Schule kam und meistens die teuersten Pullover trug, sollte so einer etwas mit dem Hakenkreuz zu tun haben und mit der Horde, die Soldat spielte und sich White Power nannte?

In der ersten großen Pause war er ihm so unauffällig wie möglich gefolgt. Mit den meisten der Klasse war Martin direkt zur Kantine gegangen. Als er in der langen Reihe vor dem Verkaufsschalter stand, hatte er sich mit Carla und Jupp unterhalten, aber mit seinem Becher Kaffee war er dann in die hinterste Ecke gegangen.

Lex hatte ziemlich dicht hinter ihm gestanden. Mit dem fürchterlich heißen Becher zwischen Daumen und Zeigefinger hatte er sich vorsichtig zu dem Tisch durchgeschlängelt, an dem immer etliche Leute seiner Klasse saßen. Er hatte sich so gesetzt, daß er den Tisch in der hintersten Ecke im Auge behalten konnte. Martin unterhielt sich mit einigen Jungen, die Lex nicht kannte. Nach ein paar Minuten setzten sich Jungen aus der neunten und zehnten Klasse und einige andere, die er auch nicht kannte, dazu. Sie steckten die Köpfe zusammen, hingen fast über dem Tisch, um sich in der lärmerfüllten Kantine unterhalten zu können. Einmal kam es ihm vor, als redeten sie über ihn. Martin hatte flüchtig zu ihm herübergeschaut und dann etwas zu den anderen gesagt, gleich darauf hatte sich einer der Jungen zu ihm umgedreht.

In der zweiten großen Pause hatten die gleichen Jungen wieder mit ihren Butterbroten und Bechern mit Milch oder Kaffee an dem Tisch gesessen. Als es in der Kantine etwas leiser wurde, waren sie fast gleichzeitig aufgestanden und nach draußen gegangen.

„Ich geh noch mal kurz raus", hatte er zu Gerd gesagt. „Gehst du mit?" Gerd hatte genickt und sich sein letztes halbes Butterbrot in den Mund geschoben.

„Wenn ihr noch einen Augenblick wartet, geh ich auch mit", hatte Anne gesagt.

Zu dritt waren sie durch die Straßen des Neubauviertels in der Nähe der Schule geschlendert. Anne hatte gefragt, was mit Sandra los wäre, und er hatte geantwortet, sie wäre mit dem Fahrrad gestürzt und hätte nun überall blaue Flecken. Martin und die anderen Jungen hatte er draußen nicht gesehen. Als sie nach der Pause zu dritt zurück zur Klasse schlenderten, zur Geographiestunde, stand Martin schon auf dem Gang und unterhielt sich mit Van Heusden.

In der Pause zwischen der sechsten und siebten Stunde hatte er auf dem Gang dicht hinter Martin bleiben wollen, aber der hatte sich schon nach zehn Metern gebückt, um seine Schnürsenkel fester zu binden. Er hatte dann gespürt, daß Martin dicht hinter ihm war, sich aber nicht umdrehen wollen. Ein paarmal hatte er gemeint, unter den ihm entgegenkommenden Schülern einen von denen erkennen zu können, die in der Kantine mit Martin am Ecktisch gesessen hatten. Sicher war er sich nur bei einem, einem Jungen aus der neunten Realschulklasse, den er flüchtig kannte. Er hatte ihm zugenickt und bemerkt, daß der Junge mehr auf jemanden achtete, der hinter ihm ging. Er wußte nicht, wie dicht Martin hinter ihm geblieben war.

Als er in die Thorbeckestraat einbog, schaute er sich noch einmal um.

Sandra öffnete ihm die Tür. Die Lippe war nicht mehr ganz so schlimm geschwollen, die Schürfwunde über dem Auge war braun, blau und rot, den Kopf hielt sie immer noch etwas schief. Sie legte ihm die Hände in die Hüfte und vergrub den Kopf an seiner Schulter.

„Ich hab heute nacht fast gar nicht schlafen können", sagte sie leise. „Mir tut alles weh. Meine Mutter meinte, ich sollte lieber zu Hause bleiben."

Er folgte ihr ins Wohnzimmer.

„Ist deine Mutter nicht da?" fragte er.

„Robbi braucht eine neue Hose. Als er aus der Schule kam, sind sie sofort in die Stadt gegangen. Möchtest du Kaffee, dann mache ich auch gleich welchen für meinen Vater, der wird wohl so ungefähr um Viertel nach fünf kommen."

„Ja, prima", sagte er und folgte ihr in die Küche. Als sie mit dem Meßlöffel Kaffee in den Filter tat, stellte er sich hinter sie und legte ihr behutsam eine Hand in den Nakken. Er spürte, wie sie sich verkrampfte.

„Krieg ich denn heute keinen Kuß?" fragte er. „Wenigstens mit dem Mundwinkel, der nicht weh tut?"

Sie löffelte weiter, zählte bis acht, machte die Kaffeedose zu und stellte sie weg, drückte den Schalter der Maschine und drehte sich dann erst zu ihm um.

„Du kannst ja nichts dafür", sagte sie, schaute zu ihm auf und näherte sich mit ihrem Mund seinen Lippen. Er nahm sie in die Arme und spürte sofort wieder, wie sie sich verkrampfte. „Tut es so weh?" fragte er.

Den Kopf an seine Schulter geschmiegt, nickte sie.

„Ja", sagte sie. „Am schlimmsten an deinen Lieblingsstellen. Lex, das war so schrecklich. Ich hab gestern nicht einmal dir alles gesagt. Die vielen Hände ... überall schlugen und kniffen sie mich, die Brüste, zwischen den Beinen, überall, und so feste und so gemein..."

Sie zitterte, sie weinte lautlos.

„Ich hab mich den ganzen Tag nach dir gesehnt. Aber ich hab auch immerzu gedacht: Hoffentlich ist Mama zu Hause, wenn er kommt, denn wenn er mich anfaßt, werd ich bestimmt schreien."

Er wußte nicht, was er sagen sollte.

„Bin ich etwa wie die Rabauken? Hast du davor Angst?"

Sonntag war es genau sechs Wochen her. Es war ein Tag im Februar mit kaltem Regen gewesen, zwei Tage nach Jennys Hochzeit. Alberts Eltern hatten seine Mutter zum Essen eingeladen. Alberts Vater hatte Geburtstag. Er hätte mitgehen können, hatte aber keine Lust. Wenn er an Marcel, Alberts Bruder dachte, spürte er wieder Wut in sich aufsteigen. Wie der Kerl Sandra angeguckt hatte! Und wie er ihr später am Abend die Hand auf die Schulter legte, die nackte Schulter, über die nur ein ganz dünnes Trägerband lief! Einmal hatte Sandra mit ihm getanzt, und befriedigt hatte Lex festgestellt, wie sie sich Marcel vom Leibe hielt. Ganz anders, als wenn sie mit ihm tanzte.

Nein, er hatte keine Lust, sich den ganzen Nachmittag und Abend mit dem Typen abzugeben. Aber mit dem Buch, das er sich nach der Literaturliste Englisch ausgesucht hatte, hatte er sich auch gelangweilt. Bis Sandra klingelte.

„Ich hab einfach mal mit dir sprechen müssen", sagte sie. „Und ich hatte eine gute Ausrede, von zu Hause wegzukommen. Mein Kleid hängt noch hier bei euch."

Nach der Hochzeitsfeier waren sie zu dritt mit einem Taxi nach Hause gefahren, seine Mutter, Sandra und er. Sandra konnte in Jennys Zimmer schlafen. Oben auf dem Flur, vor Jennys Zimmer, hatte sie die Arme um seinen Nacken geschlungen, und dann hatten sie sich lange geküßt. Unten hörte er seine Mutter hin und her laufen, vom Wohnzimmer in die Küche und zurück. Seine Hände waren über Sandras Körper geglitten, der sich unter dem dünnen Kleiderstoff wie nackt anfühlte. Er hatte das linke Trägerbändchen über den Oberarm geschoben und sie auf die Schulter geküßt. „Ich liebe dich", hatte sie ihm ins Ohr geflüstert. „Ich freß dich auf."

Er hatte sie fest an sich gedrückt, und so waren sie stehengeblieben, bis sie seine Mutter die Treppe hinaufkommen hörten. „Gute Nacht", hatte sie ihm zugeflüstert und war dann in Jennys Zimmer verschwunden. Am nächsten Tag hatte er sie nicht gesehen. Samstags arbeitete sie in einem Kaufhaus. Seine Mutter hatte sie früh geweckt und mit ihr gefrühstückt. Ihn hatten sie schlafen lassen. Abends hatte er ein Punktspiel gehabt, aber Sandra war nicht zum Zuschauen gekommen. Ihr Vater meinte, am Wochenende müßte sie soviel wie möglich zu Hause sein, da wollte er seine Familie um sich haben.

„Ist die Ausrede nicht prima?" fragte sie, als sie ins Wohnzimmer gingen.

Er grinste und kniff sie in die Schulter.

„Du brauchst nicht so leise zu reden", sagte er. „Ich bin

allein. Meine Mutter ist bei Alberts Eltern. Ich hätte eigentlich mitgehen sollen, aber ich hatte Angst, ich würde Marcel eins reinhauen, wenn ich den nur sähe."
„Eifersüchtig?" fragte sie, als sie sich in die Sofaecke setzte.
Er nickte. „Ja, ganz schlimm. Blöd, ich kann nichts dran tun."
„Und ich könnte manchmal Anne die Augen auskratzen", sagte sie. „Wenn ich seh, wie die dich anglotzt, mit ihren gierigen Blicken. Dann bin ich auch eifersüchtig. Dann denke ich, daß die eigentlich viel besser zu dir paßt, genau wie Carla. Ihr seid groß und schlank und blond."
Sie hatte die Schuhe abgestreift und sich rücklings, den Kopf auf seinen Beinen, aufs Sofa gelegt.
„Was siehst du eigentlich in mir?" fragte sie. „Ein Mädchen mit dicken, schwarzen Haaren, mit der Veranlagung, dick zu werden, ein Mädchen mit brauner Haut, neben das sich im Bus niemand setzen will, und das auch in der Schule allein sitzt, weil alle meinen, daß wir immer nach Knoblauch stinken?"
Er beugte sich über sie und küßte ihre Haare, ihr Ohr und ihren Nacken. Sie drehte ihm nicht das Gesicht zu. Er streichelte ihre Schultern und ihren Oberarm.
„Du stinkst nicht", sagte er. „Du bist nicht zu dick, ich finde dich schön, und du bist lieb. Reicht das nicht?"
Er fühlte ihre Hand auf seinem Knie, ihre Fingernägel kratzten über den Stoff seiner Jeans. Sie kniff immer härter zu.
„Nicht so fest", sagte er.
„Ich könnt dich fressen", sagte sie. „Ich möchte dich beißen." Und blitzschnell biß sie ihm dicht über dem Knie ins Bein. Mit einem Ruck zog er das Bein an.
Sie richtete sich auf und schlang ihm die Arme um den Nacken.

„Ich bin verrückt nach dir“, sagte sie. „Lex, ich bin total verrückt nach dir. Manchmal tut das richtig weh.“
„Mein Bein auch“, antwortete er.
Er holte zwei Gläser Apfelsaft aus der Küche. Es war fast halb fünf, und es wurde schon dunkel.
„Wann mußt du zu Hause sein?“ fragte er.
„Wir wollen um halb sieben essen, aber sonntags wird es oft später. Dann kocht mein Vater, und wenn der erst mal anfängt, findet er kein Ende. Er sagt immer, es gibt was Einfaches, aber meistens wird eine komplette Reistafel daraus. Wenn du mich nach Hause bringst, kannst du mitessen. Da kommt bestimmt genug auf den Tisch.“
Er nickte. Er hatte noch nie bei Sandra gegessen.
„Aber noch haben wir Zeit.“ Im halbdunklen Zimmer setzte sie sich auf seinen Schoß. „Weißt du übrigens, daß wir eigentlich nirgends alleine sind?“
Wenn er mit Sandra in seinem Zimmer war, fand seine Mutter alle zehn Minuten einen Grund, sie zu stören. Sie rief, der Tee wäre fertig, oder sie kam herein und legte frische Wäsche in den Schrank. In dem Zimmer, das sich Sandra mit ihrer Schwester teilte, war er nur zweimal gewesen, und da war die Tür offengeblieben. Abends, wenn er sie nach einem Wasserballspiel nach Hause brachte, oder wenn sie mal im Kino gewesen waren, standen sie im Treppenhaus des Hochhauses an der Thorbeckestraat, aber da ging ständig das Licht an. Er kannte ihren Körper, er wußte, wie rund und weich sie war, aber es waren stets flüchtige Erkundungen gewesen, es mußte immer so aussehen, als stünden sie ganz unschuldig da und unterhielten sich.
„Aber jetzt“, sagte er. „Jetzt sind wir allein. Jetzt halt ich dich fest, und ich laß dich so schnell nicht wieder los.“
„Das brauchst du auch nicht“, flüsterte sie.
Nach einer Weile schob sie seine Hand weg und fragte: „Findest du mich wirklich schön?“

„Guckst du nie in den Spiegel?“ fragte er. „Und merkst du nicht, wie die Männer dich anstarren? Ehrlich, ich war schon ganz verrückt nach dir, aber auch wenn ich es noch nicht gewesen wäre, dann wäre ich es vorgestern bestimmt geworden. Eigentlich kann ich ganz gut verstehen, daß Marcel dauernd um dich herumgeschlichen ist. Und das lag bestimmt nicht nur an dem schönen Kleid. Ich find's einfach schade, daß du das so gut wie nie anziehen kannst.“

Er grinste und fuhr fort: „Ich seh dich schon zur Schule kommen ... da kriegen wir einen Verkehrsstau auf dem Flur!“

Sie schüttelte den Kopf. „Als meine Mutter und ich es machten, da hab ich dauernd Angst gehabt, es könnte dir nicht gefallen. Manchmal macht meine Mutter etwas für sich selbst, und dann ist sie ganz stolz darauf und zieht es an und hofft, daß mein Vater es auch schön findet, und dann fällt es ihm nicht einmal auf...“

Sie richtete sich so ruckartig auf, daß ihm die Stelle, wo sie ihn gebissen hatte, ganz schön weh tat.

„Soll ich es mal anziehen?“ fragte sie. „Jetzt geht es, hier ist ja keiner, der es albern findet.“

Sie war schon unterwegs, als er sagte: „Weißt du, daß du mich verdammt gemein ins Bein gebissen hast? Tut richtig weh.“

„Ich seh's mir gleich mal an“, rief sie von der Treppe.

Ihm war schleierhaft, wie sie sich so schnell umziehen konnte. Denn kaum war er in der Küche, um noch zwei Gläser Apfelsaft zu holen, da rief sie auch schon:

„Lex! Du kannst kommen!“

„Komm doch runter!“ antwortete er.

„Nein, dann mußt du das Licht anmachen, und dann könnten Leute reinglotzen, und das möchte ich nicht.“

Er stürmte die Treppe rauf. Bei jedem Schritt schmerzte die Bißstelle über dem Knie.

Vor Jennys Zimmertür stand sie im hellen Flur und wartete auf ihn ... auf bloßen Füßen mit rotlackierten Zehennägeln in Sandalen, die nur ein paar Riemchen mit hohen Absätzen waren, mit bloßen Armen und nackten Schultern.
„Du machst mich verrückt“, sagte er.

„Antworte, Sandra“, sagte er. „Sag ehrlich, du glaubst doch nicht, ich sei genauso wie die Burschen?“
„Nein“, sagte sie. „Nein, das weiß ich auch. Du warst so lieb, damals in Jennys Zimmer. Du warst so lieb zu mir. Ich hab so oft daran gedacht, wie wir da lagen.“
„Weißt du, daß wir danach nie darüber gesprochen haben?“
Sie lachte leise.
„Das war auch auf einmal so verrückt. Jennys ganzen Hochzeitstag war ich unsterblich in dich verliebt. Und als wir abends spät vor ihrer Zimmertür standen, hast du mich auf die Schulter geküßt, weißt du das noch?“
Er nickte.
„Da war ich restlos weg. Ich wünschte mir nur, du würdest mich überall küssen, aber da kam deine Mutter nach oben. Und als ich an dem Sonntag nachmittag bei dir war, wollte ich es wieder. Ich wollte dich überall spüren.“

Mit erhitzten Gesichtern waren sie an jenem Sonntag abend um Viertel vor sieben in ihrer Wohnung in der Thorbeckestraat erschienen.
„Was ist es hier warm!“ hatte Sandra gerufen. „Draußen ist es so kalt, bei dem Regen. Wir haben schnell fahren müssen, wir hatten Gegenwind. Darf Lex mit uns essen? Ich hab ihm erzählt, Papa hätte bestimmt wieder eine komplette Reistafel zubereitet.“
Als er später – zu spät – ging, hatte sie mit schneller Bewegung das Bein gestreichelt.

„Verzeihung“, sagte sie, „ich wußte nicht, daß es so schlimm wäre.“
Beim Sportunterricht und im Schwimmbad hatte er noch zwei Wochen lang ein Pflaster drübergeklebt. Die Abdrücke ihrer Zähne waren zu deutlich zu sehen.
„Kommst du morgen wieder zur Schule?“ fragte er.
Sie zuckte die Schultern.
„Du mußt es versuchen“, sagte er. „Du mußt zeigen, daß du stark bist, daß du dich nicht wegjagen läßt. Wenn du zu Hause bleibst, haben sie ihr Ziel erreicht.“
„Wenn ich kann“, sagte sie. „Wenn es nicht mehr so weh tut.“
„Ich hol dich ab“, sagte er. „Du brauchst nicht alleine auf die Straße zu gehen.“
Sie nickte. Dann schaute sie plötzlich auf, als wollte sie etwas sagen. Aber sie schwieg, stand langsam auf und ging in die Küche. In der offenen Tür sagte sie:
„Soll ich noch Kaffee einschenken? Mein Vater scheint sich heute zu verspäten.“

Sein Fahrrad stand mit zwei platten Reifen vor der Haustür. Unter den Deckel der Klingel war ein großes Stück weißes Papier geklemmt. Er zog es heraus, faltete es auseinander und las:
Letzte Warnung! Keine weiße Hand auf braunem Fleisch!
Das stand da in zierlichen, regelmäßigen Buchstaben.
Er knüllte das Papier zusammen und schaute sich um. Er konnte nirgends etwas Auffälliges entdecken.

5

Die ganze Klasse lümmelte sich auf den immer unbequemer werdenden Stühlen. Kein Wunder, was Leuw da laberte, das konnte doch keinen interessieren. Die Größe der niederländischen Dichter des ausgehenden vorigen Jahrhunderts: Kloos, Van Eeden, Van Dyssel, Couperus. Von einem hatte er so etwas wie ein Märchen vorgelesen. Lex war dabei eingeschlafen. Blödsinn, daß man so etwas lesen mußte, und für wirklich gute Bücher hatte man dann bei all den Hausaufgaben keine Zeit mehr. Die Klasse wurde erst wieder munter, als der Lautsprecher über der Tafel knackte. Einen Augenblick war es still, und dann war die Stimme des Direktors zu hören:
„Ich bitte um Aufmerksamkeit aller Unterrichtskräfte und aller Schülerinnen und Schüler."
Wieder kurze Stille. Der Direktor räusperte sich, sprach dann weiter:
„Wir haben alle gesehen, was vor ein paar Tagen im Umkleideraum an die Wand geschmiert worden ist. Und an die Tafeln in allen Klassen. Ich kann heute sagen, daß wir uns gefragt haben, ob das wirklich Schüler unserer Schule getan haben. Es hätten ja auch Eindringlinge gewesen sein können. Seit einigen Stunden haben wir die Gewißheit, daß die Täter auf alle Fälle mit unserer Schule verbunden sind."
Er schwieg. Vielleicht wollte er die Spannung erhöhen, vielleicht suchte er aber auch etwas in den Papieren, mit denen man ihn rascheln hören konnte.
Hinter sich hörte Lex Sandras schnellen Atem. Martin

reagierte nicht anders als alle in der Klasse. Er kritzelte etwas auf den Rand seines Schreibblockes, hielt den Kopf schräg und lauschte angespannt, um ja kein Wort der Durchsage zu überhören.
„Gestern abend“, fuhr der Direktor fort, „ist Oktay Kücükdipi, Schüler der achten Realschulklasse, auf der Straße von einer Gruppe Jugendlicher überfallen worden. Er ist bewußtlos auf der Straße liegengeblieben und dort von einem Mann gefunden worden, der seinen Hund ausführte. Er muß dort ungefähr eine Viertelstunde gelegen haben. Oktay mußte ins Krankenhaus eingeliefert werden. Erst heute morgen hat die Polizei mit ihm sprechen können.“
Lex wagte es nicht, sich nach Sandra umzudrehen. So hätte es ihr auch gehen können. Bewußtlos auf der Straße liegenbleiben. Fassungslos und überrascht sahen sich die Schüler an. Anne hielt die Hand vor den Mund und schaute mit weit aufgerissenen Augen um sich.
„Oktay hat der Polizei nicht viel sagen können. Die Täter hatten Mützen auf, die sie schwer identifizierbar machten. Aber es gibt Anhaltspunkte. Die Täter nennen sich White Power, sie gebrauchen den Ausdruck „weiß ist weiß“, und Oktay konnte aus bestimmten Bemerkungen, unter anderem über Lehrer, heraushören, daß sie unsere Schule gut kennen.
Und darum fordere ich alle auf, Lehrerinnen und Lehrer, Schülerinnen und Schüler, und zwar nicht nur im Namen der Schulleitung, sondern auch im Namen der Polizei: Wenn jemand meint, einen Hinweis auf die Täter geben zu können, sollte er sich an mich wenden. Schülerinnen und Schüler...“
Die Stimme des Direktors war bisher sachlich, beinahe unpersönlich gewesen, doch nun klang sie bittend, ein wenig heiser. „...unsere Schule muß Menschen aller Glaubensrichtungen und aller Hautfarben Platz bieten.

Wir müssen Verständnis aufbringen können für andere, für einander. Wer das nicht kann, gehört nicht auf diese Schule." Der Direktor räusperte sich.
„Ich werde die Helden finden, die Oktay krankenhausreif geschlagen haben. Sie werden ohne Rücksichtnahme von der Schule gewiesen werden."

Oktay Kukeleku nannten sie ihn im Schwimmbad. Oder Oktay der Türke. Niemals einfach Oktay, so wie er einfach Lex hieß. Eigentlich verrückt. Und er machte mit. Aber er wurde wütend, wenn sie Sandra die Schwarze nannten, doch Oktay nannte er auch Türke.
Er sah ihn oft im Schwimmbad. Er war ein guter Schwimmer, und sie hatten ihn schon ein paarmal gefragt, ob er nicht in ihren Wasserballverein kommen wolle, aber dazu hätte er keine Lust, hatte er gesagt.
Er war ein großer, schlanker Junge, der einen etwas herausfordernden Gang hatte. Hatten sie ihn sich darum vorgeknöpft?
Martin hörte wieder aufmerksam Leuw zu. War der Bursche wirklich so eiskalt, daß er sein Empfinden perfekt verbergen konnte, oder hatte er vielleicht doch nichts damit zu tun?
Er hatte Sandra gestern nicht erzählt, daß Martin ihn überraschend angesprochen hatte. Der Junge hatte faustdick gelogen, und er benahm sich so seltsam mit seinen Freunden in der Ecke der Kantine, aber das mußte noch nicht heißen, daß das die Schlägerbande mit den Strickmützen war. Die sahen alle wie brave Jüngelchen aus. Überhaupt nicht wie solche Rabauken, die einem die Ventile aus den Fahrradreifen schrauben und wegwerfen und einen Zettel in die Klingel klemmen.

Im Halbdunkel war er gebückt in immer größeren Kreisen um sein Fahrrad herumgegangen. Er hatte gerade

den einen Ventileinsatz gefunden, als Sandras Vater ankam.
„Tag, Lex", sagte er. „Was machst du denn hier?"
Er richtete sich auf. Er war einen Kopf größer als der Mann mit dem runzligen, braunen Gesicht und den grau werdenden Haaren.
Er zog die Schultern hoch. „Irgend jemand hat mir die Ventile aus den Reifen geschraubt", sagte er. „Es werden wohl Kinder gewesen sein. Einen Einsatz hab ich schon wiedergefunden."
Herr Noya schaute sich in der schnell dunkel werdenden Straße um.
„Da kannst du lange suchen", sagte er. „Komm mit in den Keller, ich glaube, ich hab solche Dinger noch in der Kramkiste."
Lex folgte ihm durch den langen Gang und wartete, bis Herr Noya seine Kellertür aufgeschlossen hatte. Er deutete auf eine Kiste auf der Werkbank und sagte:
„Wenn wir darin kramen, finden wir immer, was wir suchen, also warum sollten nicht auch Ventile drin sein?"
Er kippte die Kiste auf der Werkbank aus, und gemeinsam suchten sie, bis sie zwei komplette Ventile hatten.
Während Herr Noya die Kiste mit beiden Händen halb unter die Werkbank hielt und Lex den ganzen Kram wieder reinschob, sagte er unvermittelt:
„Sag mal, Lex, Sandra hat Angst, daß ... eh ... Sie sagt, die Jungen hätten es gar nicht persönlich auf sie abgesehen, mit dem Verprügeln, oder meinetwegen auch Überfallen, sondern daß sie es eher getan hätten, weil sie ein Mischling ist. Stimmt das?"
„Das fürchte ich auch", antwortete Lex. „Hat sie Ihnen erzählt, was in der Schule an die Wand und an die Tafeln geschmiert war?"
Herr Noya nickte nur.
Als er mit den Ventilen und der Fahrradpumpe von

Herrn Noya nach draußen kam, sah er es sofort: Da war wieder ein zusammengefalteter Zettel unter den Klingeldeckel geklemmt. Er zog ihn heraus und steckte ihn in die Tasche, bevor Sandras Vater etwas merken konnte. Während er die Reifen aufpumpte, schaute er sich um. Sie mußten in der Nähe sein, sie mußten sehen können, was er tat. Aber er konnte niemanden entdecken.
So schnell wie möglich fuhr er nach Hause. Er wußte nicht, ob sie hinter ihm waren, aber er hatte nicht das Gefühl, verfolgt zu werden. Erst zu Hause nahm er den Zettel aus der Tasche.
Die kleinen, regelmäßigen Buchstaben: *Du bist gewarnt.* In der rechten unteren Ecke war das gleiche spitzeckige S wie auf den Tafeln in der Schule, doch diesmal war ein roter Kreis herumgezogen.

„Du mußt zum Direktor gehen“, sagte er in der Mittagspause.
Gemeinsam mit den anderen ihrer Klasse hatten sie in der Kantine ihre Butterbrote gegessen. Er hatte immer wieder zum Tisch in der Ecke hinübergeblickt. Da saßen wieder die gleichen Jungen, und sie benahmen sich nicht anders als gestern. Sie waren nicht aufgeregt, sie wirkten nicht wie aufgeschreckte Verschwörer, sie schauten nicht ein einziges Mal zu ihm oder zu Sandra herüber.
„Der Direktor hat doch ausdrücklich darum gebeten“, versuchte er es noch einmal.
Sie waren wieder außerhalb des Schulgeländes. Noch zwei träge Nachmittagsstunden, dann war auch dieser Schultag vorbei. Er fühlte sich müde. Sandra ging ein wenig geduckt neben ihm. Ohne ihn anzusehen, schüttelte sie den Kopf.
„Ich kann ihm nichts Wichtiges sagen“, meinte sie. „Ich habe niemanden erkannt, und was ich gehört habe, das hat Oktay auch gehört.“

„Aber wenn du deine Geschichte der Polizei erzählst, hört die vielleicht eine Kleinigkeit, die Oktay nicht aufgefallen ist, aber dir. Meiner Meinung nach mußt du es tun."
„Ich muß gar nichts", sagte sie plötzlich ausfallend. „Und du brauchst deine Nase da nicht reinzustecken. Ich weiß ganz genau, was ich tu. Ich will nicht immer wieder dran erinnert werden."
Sie ging nun schneller. In der Schule verschwand sie im Mädchenklo. Als sie wieder rauskam, sah er, daß sie geweint hatte. Er ging auf sie zu, aber sie schüttelte den Kopf und ging so schnell durch den überfüllten Gang, daß er sie nicht einholen konnte.
Seine Tasche stand vor dem Klassenzimmer. Schon von weitem sah er den weißen Zettel herausragen. *Sandra, Oktay ... Lex?* stand darauf, und in einer Ecke war wieder das rotumrandete Zeichen.

Sollte er damit zum Direktor gehen? Was hatte er eigentlich zu erzählen? Daß Sandra überfallen worden war? Aber das wollte sie ja selbst nicht melden. Sollte er es dann tun? Er könnte den letzten Zettel als Beweis dafür vorzeigen, daß die White-Power-Jungen auch in der Schule waren, aber das wußte der Direktor ja schon.
Ihm kam das Benehmen der Jungen verdächtig vor, aber er könnte nur sagen, daß einer von ihnen etwas wußte, was er eigentlich gar nicht wissen konnte, und daß sie alle immer so seltsam zusammensaßen. Er hatte keinen einzigen Beweis. Bevor er Sandra kennengelernt hatte und sich in den Pausen mit ihr zu den anderen der Klasse gesetzt hatte, hatte er sich meistens auch nur mit den Jungen vom Wasserballverein abgegeben.
Er hatte nur einen Anhaltspunkt, und das waren die Zettel, die er bekommen hatte. Die trugen alle drei die gleiche Handschrift.

Er richtete sich so unvermittelt auf, daß Johannssen ihn anschaute, während er weitersprach.
Die Handschrift. Da mußte er rankommen. Das war kein kindliches Gekrakel, so schrieb nur einer aus einer höheren Klasse. Das war die regelmäßige Handschrift eines Menschen, der es gewöhnt war, Bleistift oder Kugelschreiber in der Hand zu haben. Wenn er rausbekommen könnte, wessen Handschrift das war, dann hätte er etwas, womit er zum Direktor gehen könnte.

Als er mit Sandra zur Thorbeckestraat fuhr, begann es zu regnen. Sie trat so kräftig in die Pedalen, daß sie dauernd eine halbe Radlänge Vorsprung hatte. Sie sprachen nicht miteinander. Vor ihrer Haustür drehte sie sich zu ihm und sah ihn an, als wollte sie etwas sagen. Dann schüttelte sie den Kopf, sagte: „Bis morgen", und verschwand im Hausflur.
Langsam fuhr er nach Hause, rief seiner Mutter zu, daß er wieder da wäre, hing seine klatschnasse Jacke im Badezimmer auf und ging auf sein Zimmer und ließ sich aufs Bett fallen. Lange lag er da und starrte hoch zur Decke. Am liebsten hätte er geheult.
Warum war Sandra so stur? Er hatte ihr doch nichts getan!

6

„Herr Fischer“, hörte er Sandra plötzlich hinter sich sagen, „glauben Sie wirklich, daß das hilft?“
Fischer blickte verwirrt auf. Er konnte es einfach nicht vertragen, wenn Inhalt oder Nutzen seines Unterrichts zur Diskussion gestellt wurden. Er beherrschte sich und sagte:
„Was meinst du, Sandra?“
„Naja“, antwortete sie, „wir haben jetzt zwei Wochen lang die Programme der politischen Parteien miteinander verglichen. Wir haben herausgefunden, daß eine Partei die Ansicht vertritt, die Niederlande müssen so niederländisch wie möglich bleiben, die niederländische Kultur darf nicht verwässert werden, oder was weiß ich, wie die sich ausdrücken.“
„Ja“, erwiderte Fischer, „die Zentrumspartei.“
„Aber die Zentrumspartei ist gesetzlich als politische Partei zugelassen. Die Leute wissen genau, wie weit sie in der Formulierung gehen können. Wir kommen doch nicht weiter, wenn wir immer nur die Parteiprogramme betrachten.“
„Was möchtest du denn?“ fragte Fischer.
„Es geht doch nicht um die Programme“, sagte Sandra. „Es geht um die Leute, die so einer Partei ihre Stimmen geben. Die hohen Herren sorgen schon dafür, daß sie sich die Hände nicht schmutzig machen, aber was denken normale Bürger, wenn sie so einer Partei die Stimme geben, was machen viele Leute, wenn sie einen Türken oder einen Molukker sehen? Was haben die Schüler hier

in der Klasse gedacht, als im Umkleideraum „weiß ist weiß“ an der Wand stand? Was haben sie gedacht, als sie hörten, daß Oktay zusammengeschlagen worden ist, nur weil er Türke ist? Darüber sollten wir reden.“

Während sie sprach, hatte Lex sich zu ihr umgedreht. Sie war rot geworden, und sie hatte Tränen in den Augen.

Sie hatte sich verändert. In den letzten drei Wochen hatte er sie nur in der Schule gesehen, und kurz danach, wenn er sie nach Hause brachte. Sie wollte nicht mehr, daß er mit raufging, sie besuchte ihn nicht mehr, und im Schwimmbad ließ sie sich auch nicht mehr sehen.

Vorgestern abend hatte er sie angerufen. Er war allein zu Hause, und vielleicht war das die Gelegenheit, sich einmal länger mit ihr zu unterhalten. Aber ihre Mutter sagte, sie wäre nicht zu Hause. Als er sie gestern fragte, wo sie denn gewesen wäre, zog sie die Schultern hoch. „Ach, bei Elly“, antwortete sie.

Fischer schaute auf seine Armbanduhr, als könnte er da eine Antwort finden. „Ich find dies so ... so zwecklos“, sagte Sandra viel leiser. „Wir reden über Wörter, über schöne Sätze, aber nicht über Menschen ... und um die geht es doch eigentlich!“

„Woran hast du denn gedacht, als du die Wörter an der Wand gesehen hast?“ fragte Anne.

„Welche Wörter meinst du?“ antwortete Sandra.

„Im Umkleideraum. Weiß ist weiß.“

Fischer versuchte einzugreifen, aber Sandra kam ihm zuvor: „Was ich zuerst dachte? Ich gehör nicht dazu, dachte ich. Ich bin nicht weiß. Ich bin ein Halbblut, halb weiß, halb braun. Aber das Weiße zählt jetzt nicht, nur das Braune.“

„Warst du erschrocken?“ fragte Carla.

Sandra starrte vor sich hin.

„Nein“, sagte sie dann. „Das kam erst später. Weißt du, ich bin hier geboren, ich habe mich immer als Niederländerin gefühlt. Früher hatte ich eine Menge Freunde und Freundinnen. Das wurde erst anders, als ich auf die Realschule kam, in die höheren Klassen. Und dann zogen wir hierhin um, hier bin ich dann in die zehnte Klasse Gymnasium gekommen. Ich hab mich noch nie so allein gefühlt wie im ersten Jahr. Erst durch Lex gehör ich jetzt dazu."

Sie legte ihm die Hand auf den Arm. Ein gutes Gefühl. War doch noch alles in Ordnung? In den letzten Wochen hatte er immer mehr daran gezweifelt. Sie schien ihm auszuweichen, als wollte sie nichts mehr mit ihm zu tun haben. Durch den Pulloverärmel spürte er die Wärme ihrer Hand, während Fischer und die anderen aus der Klasse sie anstarrten.

„Wenn dann plötzlich so etwas an der Wand steht, ist das schrecklich. Euch ist es vielleicht nicht aufgefallen, aber an dem Tag, und auch an den Tagen danach, liefen hier alle, die nicht Niederländer sind, ganz anders rum. Grad so, als wären wir alle ein bißchen kleiner geworden, als zögen wir den Kopf zwischen die Schultern, um ja nicht aufzufallen. Und als bekannt wurde, daß Oktay im Krankenhaus lag, wurde es noch schlimmer."

„Aber es dreht sich doch um eine Minderheit", versuchte Fischer zu beschwichtigen. „Ich meine, es kann doch nur eine sehr kleine Gruppe sein, die das Hakenkreuz an die Wand geschmiert hat, und sie traut sich nicht, offen aufzutreten, sie scheut das Tageslicht..."

„Aber sie trauen sich, auf der Straße Leute zusammenzuschlagen", sagte Lex. Jetzt wurde es ihm doch zu bunt. Er spürte, wie Sandra seinen Unterarm umklammerte. Nein, er hatte nicht vor zu erzählen, daß auch sie überfallen worden war. „Und ich kann mir gut vorstellen, daß einer es dann mit der Angst zu tun bekommt, nun auch bald an der Reihe zu sein."

„Vielleicht bin ich überempfindlich geworden", sagte

Sandra, „aber sie müßten mal mitmachen, wie viele Leute reagieren, wenn jemand mit dunkler Hautfarbe in den Bus steigt. Wenn sie allein auf einer Bank sitzen, kann man ihnen die Angst vom Gesicht ablesen, die Angst, man könnte sich neben sie setzen. Und Sie müßten mal hören, was für gemeine Witze über Türken erzählt werden."
„Das haben die Türken mit ihrem Benehmen doch selbst provoziert", sagte Jakob ruhig. „Die wollen sich doch nicht anpassen. Sie halten an ihrem Glauben fest, mit dem Schlachten von Schafen und so. Die Frauen laufen hier genauso rum wie in der Türkei, mit Kopftuch und den verrückten Hosen unter dem Rock, und sie träumen nur davon, zurück in die Türkei zu gehen. Na bitte, sollen sie's doch tun!"
„Und so ist es mit den Molukkern doch auch", rief Wim. „Die sitzen hier in Holland, aber sie wollen alle so dicht wie möglich beieinander wohnen, sie haben ihren eigenen Präsidenten, sie haben sogar ihre eigene kleine Armee. Das geht doch nicht!"
Plötzlich redeten alle durcheinander. Fischer stand vor der Klasse und versuchte, die Ruhe wiederherzustellen.
„Genau das hab ich gemeint", sagte Sandra ihm ins Ohr. „Wenn ein Gespräch darüber erst einmal in Gang kommt, werden solche Dinge gesagt."
„Ruhe!" sagte Fischer mit lauter Stimme. „Wenn ihr nicht anständig diskutieren könnt, fahren wir fort mit dem Unterricht!"
„Na, ich glaube doch, daß wir hierbei mehr lernen als bei einem trocknen Unterrichtsstoff", meinte Anne.
Fischer reckte beschwörend die Hände in die Luft.
„Jakob und Wim sagen also eigentlich, daß Ausländer nicht hierhergehören, unter anderem, weil sie an ihren alten Gewohnheiten festhalten. Aber das haben in der

Geschichte schon so viele Gruppen getan. Gläubige Juden essen auch nur, was nach den Regeln ihrer Religion zubereitet ist, und sie haben ihre Synagoge, so wie die Türken und andere Mohammedaner ihre Moschee haben..."

„Aber die Juden sind Niederländer geworden", warf Jakob ein. „Es gibt jüdische Minister und jüdische Bürgermeister, und was weiß ich, was für hohe Stellungen die sonst noch haben."

„Die sind auch schon viel länger hier", sagte Sandra ruhig. „Ich kenne heute auch Türken, die auf der Universität studieren. In ein paar Jahren gibt's hier auch türkische und marokkanische Ärzte und Lehrer und Rechtsanwälte..."

„Ja", unterbrach Jakob sie, „und dann haben sie auf unsere Kosten studiert, und sie haben unsere Plätze auf den Universitäten besetzt. Und wenn sie fertig sind, hauen sie ab in die Türkei, weil sie da gleich 'ne große Nummer sind. Sollen sie doch sofort Leine ziehen!"

Ein Seufzer ging durch die Klasse. Fischer blickte ein wenig hilflos von einem zum anderen. Ihm war die Sache total aus der Hand geglitten.

Lex spürte Sandras Finger immer kräftiger seinen Arm drücken.

„Das finde ich ganz schlimm", sagte sie, „daß jemand so etwas sagen kann."

Fischer begann, in seinen Papieren auf dem Tisch zu blättern, und schaute noch einmal auf die Armbanduhr.

„Darf ich etwas sagen?" fragte Lex.

Fischer nickte.

„Habt ihr Sonntag abend Fernsehen gesehen? Da war ein Programm über Amerikaner niederländischer Abstammung. Meine Mutter wollte das gern sehen, weil wir da Verwandte haben. Die Leute, die Amerikaner, die träumen alle von Holland. Die heiraten am liebsten jemanden, der auch aus den Niederlanden stammt, sie nennen ihre Kinder Dirk oder Marie, sie feiern miteinander Sankt Nikolaus, sie treffen sich ein paarmal im Jahr in einem großen Saal und essen richtig holländisch, und sie singen niederländische Lieder, die ich überhaupt nicht mehr kenne. Wenn das ein Amerikaner sähe, sagte der sofort: Das sind Holländer! Sollen die dann auch Leine ziehen, weil sie an ihren niederländischen Gewohnheiten festhalten? Und so sieht es auch in Australien aus. Und in Südafrika und in allen möglichen Ländern in der ganzen Welt. Wenn die alle überall rausgejagt würden, was würden wir dann sagen?"

„Das ist etwas ganz anderes", sagte Wim. „Das sind Weiße in einem weißen Land und..."

„In Südafrika bestimmt!" rief Anne.

„Und Amerika und Australien sind weiß gemacht worden", sagte Lex. „In Südafrika haben sie die Schwarzen nur nicht ausrotten können, wie sie das in Amerika mit den Indianern gemacht haben."

Fischer schaute wieder auf seine Armbanduhr. „Die Stunde ist gleich um", sagte er. Es hörte sich ziemlich erleichtert an. „Ich glaube, Sandra hatte recht, als sie sagte, wir sollten uns nicht länger mit den Parteiprogrammen aufhalten. Ich werde es mir überlegen, und ich muß doch mal mit einigen Kollegen darüber reden, vielleicht können wir in Gemeinschaftsarbeit fächerübergreifend etwas machen."

„O ja", sagte Sandra, „so macht man es bei meinem Bruder in der Schule auch. Der ist auf der Berufsfachschule, und wenn da wieder mal eine diskriminierende Bemerkung fällt, antworten die Lehrer einfach mit irgendeinem Projekt, als ob das Problem damit zu lösen wäre!"

Die Klingel rettete Fischer.

„Ich will nicht mehr bei denen sitzen“, sagte Sandra. „Ich wußte nicht, daß es bei uns in der Klasse so schlimm ist. Sonst hört man nie was von den Jungs, und wenn sie dann endlich den Mund aufmachen...“
Sie schüttelte den Kopf.
Er legte ihr den Arm um die Schulter. In dem überfüllten Vorraum vor der Kantine lehnte sie sich für einen Moment an ihn.
„Wir können unsere Brote mit nach draußen nehmen“, schlug er vor.
Sie nickte.
„Noch zwei Tage“, sagte sie, als sie durch die Straßen des Neubauviertels in der Nähe der Schule liefen. „Dann sind Osterferien. Endlich.“
„Ja“, antwortete er. „Ausschlafen, lesen, viel schwimmen gehen. Kommst du dann auch wieder?“
Sie zog die Schultern hoch.
„Ich weiß nicht“, meinte sie. „Ich hab so viele andere Dinge zu tun.“
„Was denn?“
„Das kann ich dir jetzt erzählen. Du erfährst es ja doch.“
„Hat es...“
Er wagte es nicht, den Satz zu beenden. Sie hatte sich die letzte Zeit so seltsam benommen, als ob sie Abstand von ihm halten wollte. Und jetzt hatte sie in der Stunde mit Fischer plötzlich ihre Hand auf seinen Arm gelegt und gesagt, daß sie durch ihn erst zur Klasse gehörte.
„Weißt du“, fing sie an. Sie ging langsamer. In der letzten Stunde war sie so streitlustig gewesen, jetzt starrte sie auf die Bürgersteigfliesen. „Als du vorgestern anriefst, da war ich nicht bei Elly. Ich war bei Oktay.“
Sie guckte ihn an und zog die Schultern zurück. Plötzlich war sie wieder die Sandra, die er so gut kannte, die Sandra, die wußte, was sie wert war, das Mädchen von Jennys Hochzeitsfeier.

Sie nahm seine Hand. „Bist du jetzt verärgert?"
„Was hast du da gewollt?" fragte er.
„Das ist eine lange Geschichte. Du weißt, daß Oktay fünf Tage im Krankenhaus gelegen hat?"
Er nickte.
„Ich wollte mit ihm reden, ich wollte von ihm hören, was genau passiert ist, wie die Typen, die ihn ins Krankenhaus geschlagen haben, aussahen. Darum wollte ich ihn im Krankenhaus besuchen, aber alleine traute ich mich da nicht hin."
„Dann hättest du mich doch bitten können mitzugehen?"
„Nein."
Sie kam dichter an seine Seite.
„Lex, du erzählst mir doch auch nicht alles. Als dein Fahrrad mit platten Reifen vor unserer Tür stand ... das haben keine Kinder getan. Ich hatte Angst, als du weggingst. Ich fand's so schlimm, allein zu Hause zu sein. Darum war ich auf den Balkon gegangen, um dir nachzuschauen und zu sehen, ob mein Vater endlich käme. Da hab ich gesehen, daß an deinem Fahrrad auch ein Zettel war."
Er nickte.
„Bist du auf dem Balkon geblieben?" fragte er.
„Als du mit meinem Vater ins Haus gegangen bist, bin ich auch reingegangen. Mir war kalt, und ich dachte, ihr beide würdet nach oben kommen."
Er konnte sich nicht beherrschen, er mußte kurz mit dem Fuß aufstampfen. „Verflucht, das ist schade. Während ich mit deinem Vater im Keller war, hat man mir wieder so einen Zettel in die Klingel geklemmt. Wärst du auf dem Balkon geblieben, hättest du vielleicht jemand erkennen können."
Sie seufzte. „Das ist ... als wären die Burschen nicht zu fassen. Was stand denn auf dem Zettel?"

„Daß ich mich nicht in deiner Nähe sehen lassen soll."
„Unterzeichnet mit einem Blitz?"
„Ja, mit einem roten Kreis drumherum."
„Genauso ein Drohbrief wie wir ihn auch alle gekriegt haben", sagte Sandra.
„Wer sind wir?"
„Ich hab Robbi gefragt, ob er mit mir ins Krankenhaus gehen würde. Er hat ein paar Freunde angerufen, einen anderen indonesischen Jungen und einen Molukker, denn allein traute er sich auch nicht. Weißt du, daß von der Schule kaum jemand Oktay im Krankenhaus besucht hat? Johannssen war am dritten Tag da, abends, im Namen der Schulleitung. Aus seiner Klasse hat ihn keiner besucht, die haben einen Freßkorb geschickt, als er schon wieder zu Hause war. Nur ein paar andere türkische Jungs von der Schule sind dagewesen und Edwin, der große Surinamer aus der zehnten Realschulklasse. Kennst du den?"
„Ja, zumindest vom Sehen."
„Wir haben alle solche Briefe gekriegt. Alle in der Schule. Wir haben sie in unseren Taschen gefunden. Edwin sah ihn erst, als er abends Schularbeiten machen wollte."
„Was steht denn da drin?"
„Unsere Schule ist eine weiße Schule. Haut ab!"
Sie zitterte. Er legte ihr den Arm um die Schulter und zog sie an sich.
„Wir müssen sie finden", sagte er. „Die verdammte Bande!"

Einige Wochen lang hatte er Martin nun schon im Auge behalten, seit dem Tag, als er sagte, er hätte Sandra erzählen hören, was ihr passiert war. Keinen Zentimeter war Lex weitergekommen. In jeder Pause ging Martin mit den anderen in die Kantine. Beim Anstehen unterhielt er sich mit den Klassenkameraden, meistens über die Schule, was in der letzten Stunde passiert war, oder daß er sich Sorgen über eine verhauene Prüfungsarbeit machte oder über den Berg Schularbeiten für den nächsten Tag. Wenn er seinen Becher Kaffee oder Milch gekauft hatte, ging er damit an den Tisch in der Ecke, an dem auch stets die anderen der Gruppe saßen. Es waren nie mehr als zwölf, und sie benahmen sich immer sehr ruhig. Aus der Ecke waren nie hitzige Streitereien oder lautes Lachen wie von den anderen Tischen zu hören. Die Jungen unterhielten sich und schauten nur auf, wenn etwas Auffallendes geschah, wofür sich auch viele andere interessierten.

Er kannte nun ihre Gesichter, von den meisten hatte er auch ohne große Mühe die Namen erfahren können. Wenn sie sich in den kurzen Pausen im Gang begegneten, grüßten sie sich, aber das war selbstverständlich und nichts Besonderes. Er selbst grüßte ja auch viele Bekannte.

Ein paarmal hatte er Martin gebeten, sein Aufgabenheft sehen zu dürfen, denn er hätte seine Schularbeiten nicht gemacht. Martins Schrift war kindlich mit großen, häufig ungelenken Buchstaben. Keine Ähnlichkeit mit der Handschrift auf den Zetteln, die ihm in die Fahrradklingel geklemmt und in die Schultasche gelegt worden waren.

In der Unterrichtsstunde mit Fischer hatte Martin aufmerksam alle Redner angeblickt, aber er selbst hatte sich nicht an der Diskussion beteiligt. Er hatte sich nur einmal zu Anne umgedreht und ihr etwas gesagt. Anne hatte zustimmend genickt.

Hatte er den Jungen die ganze Zeit unbegründet verdächtigt? Dann war es gut, daß er mit seiner Geschichte nicht zum Direktor gegangen war.

Als er von der Thorbeckestraat nach Hause fuhr, fiel ihm erst ein, daß er immer noch nicht wußte, was Sandra vorgestern bei Oktay wollte. Der ging doch schon wieder eine Woche zur Schule?

7

„Sollen wir zu mir gehen?“ fragte er.
Sandra zuckte die Achseln und schaute sich suchend unter der Masse drängelnder Schüler um, die alle wenigstens etwas von der Schule sehen wollten.
Das gleiche Bild hatte sich ihm schon geboten, als er ankam. Trauben von Jungen und Mädchen, die meisten mit Fahrrad oder Moped.
„Was ist denn los?“ hatte er den erstbesten gefragt.
„Wir dürfen nicht rein“, antwortete der Junge. „Die Mauern sind beschmiert, vor allen Eingängen stehen Lehrer. Sie sagen, die Polizei wäre da drin.“
Er hatte sein Fahrrad an den Zaun gestellt und sich vorgedrängelt. An beiden Seiten der Tür zum Fahrradkeller sah er das Symbol, das er langsam nur allzu gut kannte. Mit schwarzer Farbe war es an die Wand gesprüht, der rote Kreis links von der Tür war nicht ganz rund geworden.
Leuw und Neukamp standen vor der Tür.
„Tut mir leid, Lex, du kannst nicht rein“, sagte Leuw.
„Ja“, sagte er, „das hab ich schon gehört. Aber warum eigentlich nicht?“
Leuw deutete auf die Zeichen neben der Tür.
„Da drin ist es noch viel schlimmer“, sagte er. „Die Klassenräume, die Kantine, die Flure … überall sind sie gewesen.“
„Es wird gesagt, die Polizei wäre da, stimmt das?“
Leuw nickte.
Er suchte Sandra und fand sie vor dem Haupteingang.

Die drei Hausmeister standen vor den breiten Glastüren und hielten die Schüler auf Abstand. Auf dem Glas der Türen war das gleiche Zeichen, auf die Wand daneben war in unbeholfenen Buchstaben gesprüht worden: AUSLÄNDER RAUS!

Er fühlte sich so machtlos. Sandra legte ihre Hand in seine. Sie war blaß, ihre Augen hatten sich geweitet.

„Du mußt keine Angst haben", sagte er ihr leise ins Ohr. „Fischer ist ein Sack, aber was er vorgestern gesagt hat, stimmt. Es kann nur eine sehr kleine Gruppe sein, und sie fühlen sich nicht stark genug, um offen aufzutreten. Sie können versuchen, uns Angst zu machen, und das ist ihnen ja auch gelungen. Sie haben Gewalt angewendet, gegen dich, sie haben Oktay krankenhausreif geschlagen. Wenn das ihre Art ist, ist das vielleicht auch die einzige Methode, mit denen man ihnen beikommen kann. Ich kriege raus, wer die sind, Sandra, ich werde es rauskriegen. Sie gehen zu weit, damit muß jetzt Schluß sein. Wenn nicht anders ... dann eben mit Gewalt."

Sie schüttelte den Kopf.

„Nein. Wenn der andere Gewalt gebraucht, darf man sich verteidigen, aber man darf die falschen Methoden der anderen nicht übernehmen."

Sie sprach so leise, daß er sie bei dem Lärm der anderen fast nicht verstand, und dann zog sie ihn plötzlich am Ärmel und wandte ihm das Gesicht zu.

„Lex", sagte sie, „bitte, sei vorsichtig. Sie sind gefährlich!"

Durch die Glastüren sahen sie Johannssen herauskommen. Er blieb auf der Vortreppe bei den Hausmeistern stehen.

„Ich bitte um Aufmerksamkeit!" sagte er mit lauter Stimme. Als es ruhig wurde, sagte er:

„Liebe Schülerinnen und Schüler, hier ist es nicht nur zu häßlichen, sondern auch zu sehr ernsten Vorfällen ge-

kommen. Die Schule ist außen und innen beschmiert worden. Zum Glück haben wir das heute morgen so rechtzeitig entdeckt, daß wir die Schule schließen konnten. Wir haben die Polizei benachrichtigt, die jetzt das Gebäude untersucht. Wir hoffen, es werden Spuren gefunden, die uns zu den Tätern führen. Ihr werdet verstehen, daß eintausendfünfhundert Schülerinnen und Schüler dabei nur stören würden. Darum haben wir beschlossen, die Schule heute geschlossen zu halten. Für euch bedeutet das, daß die Osterferien einen Tag eher als geplant beginnen."
Einige aus den unteren Klassen begannen zu jubeln, aber Johannssen streckte eine Hand in die Luft und fuhr mit lauter Stimme fort:
„Ich bin noch nicht fertig. Hört zu!"
Es wurde wieder still.
„Wir kommen immer mehr zu der Überzeugung, daß zumindest einige der Täter Schüler dieser Schule sind, die im Moment also auch hier auf dem Hof stehen. Sie brauchen jetzt nicht sofort vorzutreten, aber ich rate ihnen dringend, sich noch heute bei der Schulleitung zu melden. Wir werden den ganzen Tag hier sein. Sie können zu uns kommen, sie können uns auch anrufen. Ich sage dies in ihrem eigenen Interesse, denn die Polizei geht davon aus, daß die Täter sehr bald gefunden werden. Ihr könnt jetzt gehen. Trotz allem wünsche ich euch schöne Ferien."
Johannssen drehte sich um und ging wieder ins Gebäude.
Über Sandras Kopf hinweg schaute Lex in verschiedene Gesichter. Martin konnte er nirgends entdecken, auch nicht seine Freunde vom Ecktisch in der Kantine.

„Was hast du vor?" fragte er noch einmal. „Gehst du mit zu mir? Oder soll ich lieber mit zu dir kommen? Wir

können auch ins Hallenbad gehen, da ist es jetzt vielleicht noch ruhig."
Sandra schüttelte den Kopf.
„Nein", sagte sie. „Ich glaube, ich geh lieber zu Oktay. Wir haben eine Menge zu besprechen. Die anderen werden wohl auch kommen."
Er sah sie an.
„Wenn du mir wenigstens sagen würdest, was du bei Oktay willst! Ich kann verstehen, daß du ihn neulich im Krankenhaus besucht hast, aber was machst du jetzt dauernd bei ihm?"
Sie schaute sich um. Dann zog sie ihn am Ärmel und stellte sich auf Zehenspitzen.
Er hielt den Kopf schräg, so daß sie mit dem Mund dicht an sein Ohr kommen konnte.
„Komm mit", sagte sie. „Hier sind zu viele Leute. Wir haben einander versprochen, mit niemandem darüber zu reden. Dir kann ich es sagen, aber dann mußt du mir auch versprechen, den Mund zu halten."
Sie zog ihn mit zu ihrem Fahrrad, das neben dem Tor am Zaun lehnte. „Wo ist dein Fahrrad?" fragte sie.
„Da vorne", sagte er und holte es.
„Ich möchte mir dir reden, wo uns niemand hören kann. Meine Mutter ist zu Hause. Du wohnst zu weit weg. Und ich muß wirklich gleich zu Oktay."
„Im Park?" schlug er vor.
„Nein, ich weiß was Besseres. Die Parkdecks über dem neuen Einkaufszentrum."
Nebeneinander waren sie in die Stadt gefahren. Vor dem Einkaufszentrum hatten sie ihre Fahrräder abgestellt. Durch die Geschäftspassage waren sie zur Rolltreppe gegangen. Das obere Parkdeck war nicht überdacht. Sie hatten nur wenige Leute gesehen. Auf der Rolltreppe drehte er sich immer wieder um, konnte aber kein bekanntes Gesicht entdecken.

Sandra ging in eine Ecke des geräumigen Parkdecks. Hier standen fast keine Autos. Sie stellte ihre Tasche auf den Betonboden und lehnte sich an die halbhohe Mauer. Den Kopf zurückgeneigt hielt sie das Gesicht in die Sonne.
„Herrlich“, sagte sie.
Er stützte sich mit beiden Händen neben ihren Schultern auf die Mauer, beugte sich über sie und küßte sie. Sandra legte ihm die Arme um den Nacken und schmiegte sich an ihn.
„Ich möchte so gern wieder unendlich lange neben dir liegen...“, sagte sie leise.
Er brummte etwas und küßte ihren Nacken, aber sie stemmte die Hände gegen seine Brust und schob ihn sanft von sich. „Jetzt nicht, Lex“, sagte sie, „ein andermal. Jetzt hab ich wirklich keine Zeit. Ich hab versprochen, dir alles zu erzählen.“
Sie wand sich aus seinen Armen und stellte sich neben ihn. „Ich hab dir doch erzählt, daß Edwin Oktay auch im Krankenhaus besucht hat.“
Er nickte.
„Und später noch ein paar andere türkische Jungen. Erst trauten wir uns nicht, davon anzufangen, aber dann holte Edwin einen Zettel aus der Tasche und faltete den auseinander. Er zeigte ihn uns und fragte, ob wir auch so etwas bekommen hätten. Ich hab dir schon gesagt, was draufstand. *Unsere Schule ist eine weiße Schule. Haut ab!* Am nächsten Morgen haben wir auch die anderen türkischen Jungen gefragt, Günes und Rolan. Die hatten auch so einen Wisch gekriegt. Im Krankenhaus wollten wir nicht darüber reden. Meistens waren sein Vater und seine Mutter da, und in seinem Zimmer lagen noch fünf andere Patienten. Man konnte zwar einen Vorhang vorziehen, so daß die anderen nichts sahen, aber hören konnten sie natürlich alles.“

Sie stand an der Mauer und hielt das Gesicht in die Sonne. Ihr glattes, schwarzes Haar glänzte. Als er mit der Hand darüber fuhr, fühlte es sich warm an. Er schaute sie an und meinte, seine Verliebtheit im ganzen Körper spüren zu können. Er versuchte, sie an sich zu ziehen, aber sie widersetzte sich und schüttelte den Kopf.

„Als Oktay wieder zu Hause war, haben wir uns da weiter beratschlagt. Wenn wir alle so einen Wisch bekommen hatten, dann war es wahrscheinlich, daß alle auf der Schule einen haben. Ich meine die Indonesier, die Molukker, die Türken und Surinamer. Wir kamen überein, vorsichtig nachzufragen, erst bei denen, die wir gut kennen, dann bei den anderen, erst in den höheren Klassen, danach behutsam auch in den unteren Klassen."

Sie zitterte einen Augenblick und lehnte sich dann doch an ihn. „Die Kleinen hatten solche Angst, Lex."

Er massierte ihr zärtlich den Nacken. Sie schaute zu ihm auf. In ihren Augen war der Ausdruck kalter Wut.

„Siebenundneunzig Schülerinnen und Schüler unserer Schule haben so einen Wisch bekommen. Alle Kinder von Gastarbeitern oder solche mit dunkler Hautfarbe, auch die beiden Vietnamesen und der koreanische Junge aus der siebten Klasse. Und das ist sogar ein Adoptivkind... Die meisten waren..."

„Moment", fragte er. „Wann habt ihr die Drohbriefe bekommen?"

„Manche an dem Tag, an dem das Hakenkreuz im Umkleideraum war, die anderen ein oder zwei Tage später. Man hat uns wohl beobachtet und gewartet, bis wir unsere Taschen irgendwo abgestellt haben. Du sagst, es könnte nur eine kleine Gruppe sein, nicht?"

Er nickte. „Ja, das sagte Fischer auch. Ich glaube, er hat recht."

„Ach was, der Typ mit seinen Parteiprogrammen. Darüber will ich gleich auch noch was sagen, über die Stunde gestern, aber ... eh, wir sind nicht sicher, ob es wirklich nur eine kleine Gruppe ist. Sie müssen erst eine Liste von uns allen angelegt haben. Dann haben sie einen Plan ausgeheckt: Das Hakenkreuz im Umkleideraum und die Symbole auf den Tafeln in den Klassen. Sie wollten wohl zeigen, daß sie überall hinkommen, wohin sie auch wollen. Und gleich danach haben sie uns die Drohbriefe in die Taschen gesteckt. Wir sollten alle wissen, daß sie es ernst meinen, und darum haben sie mich auch überfallen. Nicht, weil ich es war, sondern weil ich ihnen als erste allein über den Weg gelaufen bin, und zwar da, wo es für sie nicht gefährlich war. Ich hab in der Schule nichts davon gesagt, weil ich einfach Angst hatte."

„Hast du denn jetzt keine Angst mehr?" fragte er.

Sie nickte, den Kopf an seiner Schulter. „Ja, wenn ich ehrlich bin muß ich zugeben, daß ich Todesangst habe. Aber ich weiß jetzt, daß ich nicht alleine bin."

„Warum wolltest du dich die ganze Zeit nicht mit mir treffen? Ich hatte schon Angst, du willst Schluß machen..."

„Laß mich erst mal weitererzählen", sagte sie. „Wie spät ist es?"

Er nahm seine Hand von ihrem Nacken und schaute auf die Armbanduhr.

„Viertel nach zehn", sagte er. „Kurz vor."

„Dann muß ich mich beeilen. Gut, sie haben mich verprügelt, aber damit haben sie eigentlich keinen Erfolg gehabt, weil ich nichts davon erzählt habe. Dann haben sie sich Oktay vorgenommen, und zwar so schlimm, daß es bekannt werden mußte. Einige Kinder haben die Drohbriefe dann ihren Eltern gezeigt, und einige Väter und Mütter sind damit zum Direktor gegangen. Danach ist eigentlich nichts mehr passiert. Bis heute. Aber wir wissen jetzt, wie wir es anpacken wollen."

„Oktay und du?" fragte er.

„Ja, und die anderen, Günes, Rolan, Edwin. Ich hab auch mit Robbi darüber gesprochen, und der hat es seinen Freunden weitergegeben. Und die Leute von unserer Schule haben ihre Freunde von anderen Schulen informiert. Wir sind jetzt fast dreihundert. Jeder von uns hat seine Gruppe, mit der er..."
„Wen meinst du damit?"
„Eigentlich immer noch dieselben, Oktay, Günes, Edwin, Rolan, Robbi und Bram, das ist Robbis Freund, ein Molukker, und mich. Wir benachrichtigen die Leute unserer Gruppe, und einige davon geben's dann weiter an die nächste Gruppe. Wir treffen uns oft, entweder bei einem von uns oder an einem Ort, den nur wir kennen, und dann überlegen wir, was wir machen können. Wir wollen keine Gewalt anwenden, denn damit macht man alles nur noch schlimmer. Wir wollen einfach wissen, wer dahinter steckt, und..."
„Habt ihr schon was rausgekriegt?"
„Nein, überhaupt nichts. Aber keiner von uns traut sich abends allein auf die Straße. Und tagsüber lassen wir uns nirgends blicken, wo es ruhig ist. Glaub mir, Lex, wir wissen es ganz genau, sie sind überall, und sie wissen genau, wo wir sind."
Für einen Augenblick starrte sie vor sich hin.
„Eines ist auf alle Fälle gelungen", sagte sie dann. „Wir hatten verabredet, daß wir vorgestern oder gestern alle versuchen sollten, in der Schule eine Diskussion anzuzetteln. Dadurch wollten wir rauskriegen, wen wir im Auge behalten müssen. Jakob und Wim sind gefährlich, das hast du ja selbst gehört."
Er nickte. „Wie war's denn in den anderen Klassen?"
„Auch gut. Aber sonst brauchst du gar nichts mehr zu fragen, ich darf ja doch nichts sagen."
Sie gab ihm einen flüchtigen Kuß auf den Mund und hob ihre Tasche auf.

„Ich muß gehen", sagte sie. „Ich nehme an, daß die anderen schon da sind."
„Darf ich mit?" fragte er.
„Nein", sagte sie. „Du weißt jetzt eine ganze Menge, obwohl ich den anderen versprochen habe, niemandem etwas zu sagen. Außerdem haben wir uns geeinigt, daß wir keine Weißen dabeihaben wollen."
Schräg vor ihm her ging sie über das Parkdeck zu dem kleinen Rolltreppenhäuschen. Sie ging gerade, selbstbewußt. Bei jedem Schritt wippten ihre Haare ein wenig.
„Sei nicht böse", sagte sie auf der Rolltreppe.
„Bin ich nicht", sagte er. „Ich versteh das alles nur nicht, wir wollen doch genau dasselbe? Dann können wir zusammen doch viel mehr erreichen!"
Sie schaute sich um, bevor sie leise sagte: „Manche von uns haben so häßliche Erfahrungen, daß sie keinem Weißen mehr trauen."
Im fast leeren Fahrradständer neben dem Haupteingang standen ihre beiden Räder nebeneinander. Auf beiden Vorderrädern war ein zusammengefalteter Zettel mit einer Heftzwecke festgesteckt.
Als sie die Heftzwecke herausgepult hatten, entwich langsam die Luft aus den Reifen.
Er faltete den Zettel auseinander. Es war nichts weiter drauf als das Blitzsymbol im roten Kreis.
„Siehst du", sagte Sandra, während sie ihm ihren Zettel mit dem gleichen Zeichen zeigte, „sie sind überall. Sie wissen genau, wo wir sind und was wir tun."
„Was jetzt?" fragte er.
„Ich laß mein Rad hier stehen. Ich hab's nicht weit. Aber dahin haben sie mir noch nie folgen können."
Sie gab ihm einen Kuß.
„Ich liebe dich wirklich", sagte sie. „Sehr sogar."
Dann drehte sie sich um und ging wieder ins Einkaufszentrum.

8

Er wollte es eigentlich nicht wahrhaben, aber er fühlte sich alles andere als wohl.
Sie mußten Sandra und ihm zum Einkaufszentrum gefolgt sein. Hatte sie doch recht, als sie sagte, die wären überall? Sollten es tatsächlich so viele sein? Beobachteten sie ihn immer noch?
Langsam wurde es zu einer häßlichen Angewohnheit: Er ertappte sich immer wieder dabei, über die Schulter nach hinten zu schauen, um zu sehen, ob ihm jemand folgte. Und wenn er abends aus dem Schwimmbad kam, nahm er die am besten beleuchteten und belebtesten Straßen.
Jetzt konnte er den kürzesten Weg nehmen. Am hellichten Tag würden sie sich nicht einmal in einer ruhigen Villengegend an ihn herantrauen. Mißmutig schob er sein Fahrrad, das mit dem platten Vorderreifen schlecht zu lenken war.
Zum Detektiv war er anscheinend nicht besonders gut geeignet. Jetzt hielt er, wie er sich einbildete, in der Schule schon seit einigen Wochen Augen und Ohren offen, damit ihm auch ja nichts entginge, und dann kam sein eigenes Mädchen und erzählte ihm, sie hätte Kontakt mit knapp hundert Schülern. Er hatte nichts davon gemerkt. Wenn Sandra und Oktay und die anderen so unauffällig zusammenarbeiten konnten, dann mußten die White-Power-Rabauken das auch können.
Der Tisch in der Ecke der Kantine war immer noch sein einziger Anhaltspunkt. Er müßte heute nachmittag doch mal eine Liste mit den Namen der Jungen machen, die da

immer saßen. Ihre Namen und ihre Adressen. Martins Adresse müßte er auf der Namensliste seiner Klasse haben, die anderen könnte er vielleicht im Telefonbuch finden. Vielleicht sollte er versuchen, einige der Jungen im Auge zu behalten. Er hatte ja Osterferien, und Sandra würde er wohl nicht oft zu sehen bekommen.

Wie hatte sie sich ausgedrückt? Wir haben uns geeinigt, daß wir keine Weißen dabei haben wollen. Nein, er war deswegen nicht böse. Er begriff es nur nicht. Vom ersten Moment an, als er Sandra gesehen hatte, war er irgendwie verliebt in sie. Er fühlte sich von ihrer Erscheinung angezogen. Aber sonst war sie im ersten Jahr für ihn eines von den Mädchen in seiner Klasse gewesen. Und jetzt hatte sie plötzlich den Unterschied zwischen ihnen herausgestellt. Keine Weißen. Er war weiß, Sandra war braun. Naja, ein bißchen braun.

Und das lag alles nur an den Blödmännern, die glaubten, man wäre ein besserer Mensch, wenn die Haut weiß wäre. Ob sie das wohl wirklich glaubten, oder wollten sie nur Unruhe stiften, Krawall haben? Natürlich wußte er, daß es Leute gab, die die Ausländer am liebsten abreisen sahen, aber wenn man seinen Verstand gebrauchte, dann erkannte man doch sofort, daß das unmöglich war! Erschrocken war er über die dummen Argumente von Jakob und Wim.

Martin hatte sich...

„Daß du nicht laut schnarchst, so fest wie du schläfst, ist ein Wunder", hörte er plötzlich jemanden neben sich sagen. Er erschrak so sehr, daß er das Fahrrad beinahe fallengelassen hätte. Mitten auf dem Bürgersteig, einen riesengroßen Schäferhund an der Leine, stand Anne. Sie sah ihn neugierig an.

„Ich hab 'n Platten", sagte er völlig überflüssig. „Und kein Flickzeug."

„So“, sagte er, „das wäre wieder in Ordnung. Jetzt den Mantel drauf, aufpumpen, und ich kann wieder fahren.“

In Annes Gegenwart kam er sich immer ein bißchen linkisch vor. Er ärgerte sich über sich selbst, wie er nun schon eine Viertelstunde jeden Handgriff kommentierte, wie eine Mutter mit Kleinkind: „So, und jetzt noch ein Bäuerchen…“

„Kannst du doch bei uns flicken“, hatte Anne gesagt und ihn mit zur großen Villa ihrer Eltern genommen. Sein Fahrrad auf dem schmalen Weg zwischen den Sträuchern schiebend, war er ihr hinters Haus gefolgt. Während Anne einen Eimer Wasser holte, hatte er sein Fahrrad auf den Betonfliesen vor dem kleinen Schuppen mit den Rädern nach oben auf Lenker und Sattel gestellt. Sie hatte eine Dose mit Reparaturwerkzeug aus dem Schuppen geholt und ihm geholfen. In dieser windgeschützten Ecke war es warm. Anne hatte ihr Sweatshirt ausgezogen und auf einen Strauch geworfen. Hin und wieder hatten sich bei der gemeinsamen Arbeit ihre Hände berührt.

Nun stand sie auf. Sie streckte sich und legte die Hände in den Nacken. Die Bluse spannte sich über der Brust.

„Herrlich, die Sonne“, sagte sie. „Und dann auch noch ein unerwarteter Ferientag.“

Während sie den Schlauch geflickt hatten, hatte sie sich immer wieder so vor ihn gehockt, daß er weit in die Bluse gucken konnte. Das hatte ihn nur unsicher gemacht. War sie so arglos, oder tat sie das absichtlich? Sandra hatte gesagt, sie wäre eifersüchtig auf Anne, die ihn immer mit so hungrigen Augen angaffte, wie sie es nannte.

Er ließ das kleine Montiereisen aus den Fingern gleiten, das klappernd zwischen die Speichen fiel. Als er es herausfummelte, sagte Anne: „Ich koche jetzt Kaffee. Oder magst du keinen? Hast du’s eilig?“

Unwillkürlich schaute er auf die Armbanduhr. Kurz vor elf. Unfug. Normalerweise hätten sie bis drei Uhr Unterricht gehabt. Seine Butterbrote hatte er in der Tasche auf dem Gepäckträger. „Mir recht“, sagte er. „Heute haben wir ja genug Zeit.“
Sie verschwand auf dem Weg durch die Sträucher zwischen Haus und Schuppen. Durch die Bluse konnte er ihren BH sehen.

„Lex, bist du so weit?“ rief Anne hinter den Sträuchern. „Der Kaffee ist fertig.“
Er ging den Weg entlang, auf dem sie verschwunden war. Anne saß auf einer Bank an der Hauswand. Ihr zu Füßen stand ein Tablett mit zwei großen Kaffeetassen.
„Die Gartenmöbel stehen noch im Schuppen“, sagte sie. „Nur diese Bank hat den ganzen Winter draußen gestanden.“
Er setzte sich neben sie und fragte sich, worüber er sich mit ihr unterhalten könnte, als er Geräusche auf dem Weg neben dem Haus hörte. Gleich darauf bremste beim Schuppen ein Fahrrad.
Auf dem schmalen Weg durch die Sträucher kam Ines zur Terrasse.
„Das dachte ich mir schon“, sagte sie, „ein Herrenrad mit Schultasche auf dem Gepäckträger. Meine liebe Schwester hat Besuch. Hat sie dich also endlich geangelt?“ Mit den Füßen fast auf dem Tablett mit den Kaffeetassen blieb Ines vor ihnen stehen.
„Frischer Kaffee“, sagte sie. „Ist noch was in der Kanne?“
„Ja, reichlich“, antwortete Anne.
Lex schaute Ines nach, als sie zur Küchentür ging. Die Schwestern waren sich ziemlich ähnlich. Beide etwa gleich groß, das gleiche halblange, blonde Haar, die gleiche gute Figur.

„Sie ist doch nicht viel jünger als du, oder?“ fragte Lex.
„Fast anderthalb Jahre“, sagte Anne. „Sie ist gerade erst sechzehn geworden.“
Eine volle Tasse vorsichtig in der ausgestreckten Hand haltend kam Ines zurück.
„Mir ist die Kanne fast aus der Hand geflutscht“, sagte sie. Und dann zu Lex: „Rück ein bißchen zur Seite, dann paß ich auch noch drauf.“
Sie setzte sich, stellte die Tasse neben die Bank auf die Betonfliesen und streckte die Beine aus. Die Arme verschränkte sie hinter dem Kopf.
„Ferien!“ Sie seufzte. „Endlich! Ich hab Lust, jemand zu kitzeln! Darf ich? Oder gehört er nur dir?“
„Stell dich nicht so an!“ sagte Anne verärgert. Sie war rot geworden.
Ines bückte sich, um die Tasse zu nehmen, und legte dabei eine Hand auf sein Bein.
„Du mußt wissen, Lex“, sagte sie, „meine große Schwester ist ganz weg von dir. Das geht die ganze Zeit nur Lex hier und Lex da, und Lex hat das gesagt, und Lex hat das gesagt... Bist wohl auch toll in Form gewesen, neulich, über Niederländer in Amerika, die genauso an ihren Gewohnheiten festhalten wie die Türken hier.“
„Hast du das erzählt?“ fragte er Anne, die nun bis an die Haarwurzeln rot war. Sie bückte sich, um ihre Tasse aufzunehmen. Als sie sich aufrichtete, strich sie sich das Haar aus dem Gesicht.
„Ja“, sagte sie. „Vorgestern beim Abendbrot haben wir darüber gesprochen. Seit dem Ärger bei uns in der Schule fallen mir die Berichte in der Zeitung erst richtig auf. Rassistische Pamphlete von Tür zu Tür verteilt. Witwe eines alten Naziführers wegen Besitz faschistischer Literatur verurteilt. Nachbarschaft klagt über unerträglich viele Türken. Junger Mann niedergestochen. Und wenn man dann weiterliest, ist es wieder einmal ein farbiger

Junge – niedergestochen, nur weil er nicht weiß ist. Da hab ich erzählt, daß Sandra unverhofft eine Diskussion angezettelt hat. Und ich fand, daß du etwas gesagt hast, was die anderen doch zum Nachdenken bringen müßte. Vor allem Jakob und Wim."

Er schüttelte den Kopf und nahm seine Tasse in die Hand. Was sollte er sagen? Konnte er ihnen trauen? Anne hatte sich doch mit Martin Holzmann unterhalten. Sie hatte ihm zugenickt, als wäre sie seiner Meinung, aber er wußte nicht, worüber sie sich unterhalten hatten.

„Ich weiß nicht", sagte er langsam. „Wenn ich höre, wie solche Leute reagieren, dann denke ich manchmal, daß sie überhaupt keine Antenne für Argumente haben. Wenn du nur daran denkst, was heute wieder..."

„Das weißt du ja überhaupt noch nicht, Ines", warf Anne ein. Sie erzählte die ganze Geschichte. „Wir haben also einen Ferientag mehr bekommen. Und da hab ich Stella rausgelassen, und da kam Lex mit seinem Fahrrad angeschlurft, mit einem platten Vorderreifen. Den haben wir dann geflickt, und da dachte ich, jetzt hätte ich endlich die Chance, mich mit ihm zu unterhalten."

„Und da hab ich die Idylle kaputtgemacht."

„In welche Schule gehst du eigentlich?" fragte er.

„Grüntal", antwortete Ines.

„Warum nicht bei uns?"

„Ich hab in der Grundschule immer wieder hören müssen, meine große Schwester hätte dies oder das bestimmt nicht getan, meine große Schwester wüßte sich besser zu benehmen, meine große Schwester wäre viel fleißiger, meine große Schwester dies und das und alles und noch was. Ich hatte keine Lust, das noch jahrelang über mich ergehen zu lassen."

„In welcher Klasse bist du denn jetzt?"

„Zehnte Gymnasium."

„Und bei euch auf der Schule ist in der Beziehung gar nichts los? Du hast ja von Anne gehört, wie schlimm es bei uns ist."
Ines schüttelte den Kopf. „Überhaupt nichts", sagte sie.
„Auf der Berufsfachschule auch nicht", sagte er. Und sofort tat es ihm leid, daß ihm das rausgerutscht war. Er mußte vorsichtiger sein! „Das weiß ich von Sandras Bruder. Es müssen also tatsächlich Jungs von unserer Schule sein, nicht irgendeine Gruppe, die über die ganze Stadt verteilt ist."
„Können wir denn nichts dagegen tun?" fragte Anne.
Er zuckte die Schultern.
„Wenn ich wüßte, wo man einhaken kann", sagte er. „Das ist nicht das Werk von einem Einzelnen, es müssen mehrere sein. Dann müssen sie sich also auch treffen und besprechen, was sie als nächstes tun. Weißt du, wenn man einen von ihnen kennt, dann kann man den im Auge behalten und kommt so vielleicht an die anderen heran. Aber ich kenne bei uns in der Schule nicht einen, den ich für so etwas im Verdacht habe."
Er schaute Anne an und fragte:
„Und du?"
Ines legte ihm wieder eine Hand aufs Bein und rutschte vor, als wollte sie aufstehen. Er sah, wie Anne auf die Hand ihrer Schwester schaute.
„Jakob", sagte sie. „Der hat doch gesagt, alle Ausländer sollten abhauen?"
„Meinst du denn, der wäre auch fähig, jemanden zusammenzuschlagen, Oktay zum Beispiel?"
„Nein", sagte sie nachdenklich. „Nein, das wohl nicht. Aber da kann ich eigentlich überhaupt keinen verdächtigen."
Ines kniff ihn kurz ins Bein, und zwar genau an der Stelle, wo Sandra ihn gebissen hatte und wo er immer noch

etwas empfindlich war. Sie stemmte sich hoch und sagte:
„Ich hol noch Kaffee. Wollt ihr auch noch?"
„Gern", sagte er.

Er war kaum zu Hause, als seine Mutter unten an der Treppe stand und ihn rief. Telefon. Ein Mädchen.
„Wer?" fragte er, aber seine Mutter hatte den Namen nicht richtig verstanden. Inka oder so ähnlich.
Es war Ines.
„Ich muß dir einiges erzählen", sagte sie. „Und das wollte ich nicht, als Anne dabei war. Sie ist richtig in dich verliebt, weißt du das?"
Er brummte ein bißchen, was sowohl ja als nein bedeuten konnte, aber Ines wartete nicht einmal auf Antwort.
„Es war ihre Idee, voriges Jahr bei uns die Fete für eure Klasse zu geben. Wir vertragen uns ganz gut, sie hatte mir vorher genau erzählt, wie du aussiehst, und sie hatte sich allerhand vorgenommen. Sie wollte mit dir tanzen und ... naja, sie würde schon dafür sorgen, daß du auf sie aufmerksam würdest. Vielleicht würdest du dich dann auch in sie verlieben. Du bist dann nachher mit zwei Mädchen weggegangen, und da war sie total am Boden zerstört. Als sie nach den Ferien merkte, daß du mit Sandra gehst, hatte sie eine ganze Weile den Moralischen. Sie sagt, sie kann Sandra nicht einmal böse sein, denn sie findet sie richtig nett. So fraulich, sagt sie immer. Jetzt hast du hier durch einen blöden Zufall deinen Reifen geflickt und Kaffee getrunken, und nun schwebt sie wieder auf Wolken und glaubt, ihr beide könntet die neofaschistischen Bubis bei euch auf der Schule zu packen kriegen. Sie schmiedet richtig Pläne, so ist sie nun mal, und sie ist überzeugt, daß sie dich jeden Tag in den Osterferien sehen wird. Ich wollte dich nur eben warnen."

„Danke", sagte er. „Aber..."
„Gut, das ist also jetzt noch dazugekommen, darum hab ich's lieber gleich erzählt, aber eigentlich hatte ich heute morgen schon vor, dich anzurufen."
„Heute morgen schon?"
„Ja, als wir auf der Bank saßen ... wie spät war es da ... weißt du, wenn Anne was hört, dann glaubt sie immer sofort alles, und dabei habe ich doch nur eine Vermutung."
„Was für eine Vermutung?"
„Ihr habt euch doch darüber unterhalten, wen aus eurer Klasse ihr verdächtigen könntet, weißt du noch? Naja, auf eurer Klassenfete habe ich etwas gehört und gesehen, womit du vielleicht was anfangen kannst. Ich weiß nicht, ob du was damit anfangen kannst... ich tu mich so schwer, jemand zu beschuldigen ... aber ich mochte den Typen ganz und gar nicht."
„Wen?" fragte er.
„Ich weiß nicht einmal, ob er noch bei euch in der Klasse ist. Anne redet nie von ihm, aber er muß Marinus oder Martin oder so ähnlich heißen."
„Martin", sagte er. „Martin Holzmann."
„Ja, schon möglich. Nicht gerade groß, blond, schick angezogen, eigentlich sogar ein bißchen zu schick."
„Das ist Martin Holzmann", sagte er bestimmt.
„Gut. Der kam als erster. Er hat sich das Wohnzimmer genau angesehen und gesagt, daß ihm die Einrichtung gefiele, denn bei ihm zu Hause sähe es genauso aus. Ich hab ihn für einen Angeber gehalten, mußte mich aber die ganze Zeit um ihn kümmern, weil Anne noch was in der Küche zu tun hatte und es mindestens eine Viertelstunde dauerte, bis ein paar andere kamen. Dann wurde es plötzlich rammelvoll. Ich hatte Anne versprochen, ihr ein bißchen zu helfen, und als alles einigermaßen lief, hab ich mich auch wieder hingesetzt, ein wenig abseits, denn

ich gehörte ja nicht richtig dazu. Da sah ich ihn neben Sandra sitzen, er hatte ihr halb den Rücken zugedreht. Als er mich sah, kam er sofort zu mir. Er setzte sich neben mich auf den Fußboden und sagte, er wäre froh, eine gute Ausrede gefunden zu haben, da wegzugehen, denn das hätte ihm gar nicht gefallen, wo er gerade gesessen hätte. Er deutete auf Sandra und meinte, sie hätte sich neben ihn gesetzt und er stünde bestimmt nicht auf solche Leute, denn die gehörten doch gar nicht hierher, es wäre eine Schande, daß die Regierung immer mehr von dem Volk reinließe, denn man könnte ihnen nicht trauen, wenn man ihnen einen kleinen Finger gäbe, nähmen sie sofort die ganze Hand, und wenn man nicht aufpassen würde, würden sie hier auch noch die Macht an sich reißen. So quatschte er noch eine ganze Weile weiter. Niemand traute sich, gegen solche Leute was zu unternehmen, dann hieße es sofort, daß man sie diskriminiere, und darum würden sie immer frecher. So wäre das bei seinem Vater im Geschäft auch, da würde immer alles spurlos verschwinden. Sie könnten nie etwas beweisen, aber sie wüßten genau, daß es die Türken wären, denn die klauen alle."

„Das muß ein amüsantes Gespräch gewesen sein. Hat er denn nicht gesagt, daß er etwas unternehmen wollte? Oder daß er Freunde hätte, mit denen er dafür sorgen würde..."

„Nein", sagte Ines. „Aber dazu habe ich ihm auch keine Chance gegeben. Ich hab ihm gesagt, daß er dummes Zeug faselt und daß ich Sandra nett finde. Und dann hab ich ihn einfach sitzenlassen."

„In der Klasse sagt er nie viel. Und so etwas habe ich bestimmt noch nicht von ihm gehört."

„Kannst du was damit anfangen?" fragte sie.

„Das weiß ich noch nicht", antwortete er. „Es kann gedankenloses und dummes Geschwätz sein. Aber ich behalte ihn auf alle Fälle im Auge. Vielleicht kann ich mich ganz vorsichtig auch mal bei anderen umhören..."

„Wenn ich dir helfen kann, muß du's nur sagen", warf Ines ein.

„Ich werd dran denken", sagte er. „Danke für den Tip."

9

Er zögerte einen Augenblick. Sollte er zu Fuß gehen oder das Fahrrad nehmen? Wenn er ihm folgen mußte, konnte es womöglich lästig sein, das Fahrrad dabeizuhaben. Jedenfalls wenn Martin zu Fuß war. Aber wenn er an seine Liste dachte und sich dann vor Augen führte, wie die Anschriften über die ganze Stadt verstreut waren, war es vielleicht doch vernünftiger, das Fahrrad zu nehmen. Wenn nötig, könnte er das immer noch in der Rijnstraat stehenlassen und hoffen, es würde nicht geklaut oder demoliert.
Nach dem Telefongespräch war der Kaffee fertig. Er hatte seine Butterbrote aus der Schultasche genommen und sich seiner Mutter gegenüber an den Tisch gesetzt.
„Was wollte sie? Warum bist du heute so früh zu Hause?"
Er erzählte ihr, daß die Schule innen und außen mit rassistischen Parolen beschmiert war und die Polizei nach Spuren suchte, daß darum niemand rein durfte.
„Wie schlimm für Sandra", meinte seine Mutter. „Das muß so einem Mädchen doch unter die Haut gehen?"
Er nickte.
„Darum geh ich auch gleich zu ihr", sagte er schnell.
„Muß das sein?" fragte seine Mutter sofort. „Du bist schon so selten zu Hause. Ich seh dich nur beim Essen, sonst sitzt du in deinem Zimmer oder bist im Schwimmbad oder bei Sandra."
„Jaja", sagte er ungeduldig und versuchte, sich seine Ver-

ärgerung nicht anmerken zu lassen. Vielleicht war er allmählich auch schon überempfindlich für bestimmte Bemerkungen. ‚So ein Mädchen' hatte seine Mutter sie genannt. Sie sah also auch immer noch den Unterschied.
Gleich nach dem Essen ging er nach oben. Er nahm einen Notizzettel und schrieb ‚Martin Holzmann' darauf. Die Anschrift hatte er aus der Klassenliste, die er hinten in den Kalender geklebt hatte. Rijnstraat 43. Rijnstraat? Das war im Flußviertel, nicht weit vom Zentrum.
Er konzentrierte sich in Gedanken auf den Tisch in der hintersten Kantinenecke. Da saßen sie fast jeden Tag. Wer saß immer rechts neben Martin? So ging er in Gedanken um den ganzen Tisch herum, und das Resultat war eine ansehnliche Namensliste:
Markus van Doorn
Hans Meulendijk
Meinhard Westendorp
Peter Borgers
Wessel?
Albert Koelewijn
Dolf Jongstra
Rudi?
Frank de Wolff
Rudi Pennings
Louis van Drooge
Zwölf, Martin mitgezählt. Es irritierte ihn, daß er von zwei Jungen den Familiennamen nicht kannte, aber wirklich wichtig war das natürlich nicht. Er holte sich von unten das Telefonbuch und suchte die Anschriften raus. Aber nur bei Meulendijk, Borgers und Jongstra traute er sich, die Anschrift mit Bleistift hinter die Namen zu schreiben. Die Merwedestraat, die war auch im Flußviertel, die Louise de Colignyallee war hier ganz in der Nähe im Statthalterviertel, und Der Fjord, das war im Westerfeld, in der Neubaugegend, in der auch ihre Schule war.

Die einzige Anschrift, bei der er hundertprozentig sicher war, war die von Martin Holzmann. Zur Sicherheit schaute er aber doch noch einmal ins Telefonbuch. Holzmann, J. G., Buchhandlung und Schreibwaren, Rijnstraat 41. Dann wohnten sie also direkt neben dem Geschäft.

Sie wohnten nicht neben dem Geschäft, sondern darüber. Er stieg ab, stellte sein Fahrrad an die kleinste Schaufensterscheibe neben der Tür und schaute sich kurz um, während er es abschloß und den Schlüssel in die Tasche steckte.
Eine alte Straße, hauptsächlich Wohnhäuser, keine Vorgärten, hier und da ein kleines Geschäft, ein Gemüseladen, ein Blumenladen, ein Lebensmittelgeschäft, die Buch- und Schreibwarenhandlung von Holzmanns.
Er fand seine Idee immer noch gut.
„Kannst du mir etwas Geld geben?" hatte er seine Mutter gefragt, als er oben fertig war. „Ich brauch ein paar dicke Schreibhefte, für Niederländisch und Gesellschaftskunde. Dann kann ich die unterwegs zu Sandra kaufen."
Bevor er die Ladentür aufmachte, schaute er sich noch einmal um. Ein toller Buchladen war es nicht. Da stand ein großes Regal mit bunten Zeitschriften, die Sexblättchen ganz oben, so daß Kinder nicht drankonnten, eine Menge Trivialromane und ein Brett mit Kinderbüchern aus irgendeiner Billigserie, alle mit gelben Einbandrukken. Sonst vor allem Schreibhefte in allen Stärken, Einheftblätter, Stoffmappen, Ständer mit Kugelschreibern und Füllern, ein paar Taschenrechner unter Glas, einfache Büromöbel und Schreibmaschinen.
„Kann ich Ihnen behilflich sein?"
Er hatte den Mann nicht kommen hören. Er mußte hinter einem Gestell mit Packpapier, Notizblöcken und Umschlägen hervorgekommen sein. Es war ein ziemlich klei-

ner Mann mit Brille und schütterem, blonden Haar. Das mußte Martins Vater sein. Hätte sein eigener Vater auch nur noch so wenige Haare, wenn er noch lebte? Der Mann trug einen dunkelgrauen Anzug.
„Ich hätte gern ein paar Schreibhefte", sagte er. „Nach Möglichkeit dicke."
„Hier lang", sagte der Mann, als hätten sie einen ganzen Spaziergang zu machen. Er deutete auf den offenen Schrank an der Wand und sagte: „Da liegen sie in allen Sorten."
Auf gut Glück nahm Lex von einem Stapel zwei dicke Hefte und schaute kurz hinein. Normale Blätter mit normalen Linien. Die konnte er immer gebrauchen.
„Ja, die sind richtig", sagte er und gab sie dem Mann. „Und haben Sie auch noch einen großen Umschlag für mich?"
„Welches Format?" fragte der Mann.
„Eh ... daß ein Buch reinpaßt", sagte er.
„So einen?" fragte der Mann und ging auf ein Regal zu und deutete auf einen Stapel.
„Kann ruhig etwas größer sein", meinte Lex. Er ging zum Regal und machte dabei einen so großen Bogen, daß er dahinter schauen konnte. Da stand ein Schreibtisch mit Papierstapeln und einem Telefon darauf. Daher war Martins Vater also gekommen. In der Rückwand war eine Tür. Geschlossen. Im Geschäft war niemand, der mithören könnte. Wenn Martin ihn vom Fenster über dem Geschäft nicht hatte kommmen sehen, konnte er jetzt auch nicht wissen, daß er hier war.
Hinter Martins Vater ging er zur Ladentheke mit der Kasse neben der Ladentür.
„Brauchen sie eine Rechnung?" fragte der Mann.
Lex wollte erst nein sagen, aber dann schoß ihm durch den Kopf, daß er die Handschrift von allen sehen wollte, die auch nur etwas mit Martin zu tun hatten.

Er nickte.
„Ja“, sagte er. „Dann kann ich zu Hause zeigen, wofür ich das Geld ausgegeben habe.“
„Sehr vernünftig“, sagte der Mann. „Wenn man halberwachsene Kinder hat, die noch zur Schule gehen, kann man gar nicht genug Geld im Haus haben. Ich hab einen Sohn auf der Gesamtschule Westerfeld... Auf welcher Schule bist du?“
„Grüntal“, antwortete er, und es fiel ihm auf, daß der Mann ihn plötzlich duzte.
„Tja, was mein Herr Sohn an Geld braucht... Ich weiß nicht, ob es bei dir in der Schule auch so schlimm ist ... mal sind es hierfür zehn Gulden, dann dafür fünfzehn...“ Er seufzte. „Das macht dann sechsfünfundachtzig“, sagte er.
Auf dem Kassenzettel stand in großen, fast einzeln dastehenden, eleganten Buchstaben: Schreibhefte – Umschlag.

Soso, Martin luchste seinem Vater Geld aus der Tasche unter dem Vorwand, er bräuchte das für die Schule. Er selbst mußte eigentlich nie um extra Geld bitten. Höchstens zu Beginn eines Schuljahres und ab und zu für ein Buch, das ein Lehrer mit der ganzen Klasse behandeln wollte.
Er drückte den Schlüssel ins Fahrradschloß und stieg auf. Er fuhr in die Richtung, aus der er gekommen war. Nur mit Mühe konnte er sich beherrschen, nicht zu den Fenstern über dem Geschäft hinaufzuschauen. Wenn Martin ihn gesehen hatte, würde er selbstverständlich seinen Vater deswegen ansprechen. „Weißt du, daß ein Junge aus meiner Klasse bei dir im Geschäft war?“ Dumm von ihm zu sagen, er wäre auf der Gesamtschule Grüntal. Die war ihm als erste eingefallen, weil Ines heute morgen von der Schule gesprochen hatte. Wenn Mar-

tin das hörte, wäre ihm sofort klar, daß er nicht einfach ein paar Hefte kaufen wollte.
Er bog in die Berkelstraat ein und hörte hinter sich seinen Namen rufen. Noch einmal: „Lex!"
Es war eine Mädchenstimme.
Automatisch bremste er und schaute sich um. Es war Ines, die auf ihn zugelaufen kam.
„Zum Teufel, was machst du denn hier?" sagte er. „Ich hab grad noch an dich gedacht."
„Darum", meinte sie. Sie kam dicht an ihn heran und legte eine Hand auf seinen Lenker.
„Was machst du denn hier in dieser Gegend?"
„Was du auch machst", antwortete sie. „Dasselbe. Ich bin nur nicht auf den Gedanken gekommen, reinzugehen und was zu kaufen."
„Aber...", stammelte er.
Sie lachte und schüttelte sich das Haar in den Nacken. „Du glaubst doch nicht etwa, nur du bist schlau, he?" sagte sie. „Ich hab zufällig auch was im Kopf."
Er zog die Schultern hoch und musterte sie. Sie hatte sich umgezogen. Sie trug verwaschene Jeans, deren Beine dicht über den Knien schon sehr dünn waren, und einen weiten Pullover.
„Na, denn laß mal hören", sagte er.
Sie schaute sich kurz um und sagte: „Nicht hier. Ich möchte zurück auf meinen Posten, da an der Ecke."
Er stieg ab und folgte ihr. An der Ecke Rijnstraat und Berkelstraat war ein Tabakwarengeschäft, das verlassen aussah. Vor der zurückliegenden Ladentür war ein schmaler, gut einen Meter tiefer Eingang. Darin verschwand Ines.
Er stellte sein Fahrrad ans Schaufenster und schaute in den Laden. Die Regale waren leer, im Schaufenster standen nur Papptafeln mit Werbung für Zigaretten. Er ging zu Ines in den Eingang.

„Ganz toll“, sagte er. „Da hast du dir wirklich ein schönes Plätzchen ausgesucht.“

Durch das Glas der Ladentür und des Schaufensters an der Rijnstraat war Holzmanns Geschäft zu sehen.

„Erzähl“, sagte er. „Wie bist du hierher gekommen?“

Sie schaute unverwandt zum Papierwarengeschäft hinüber und erzählte:

„Die Schweinerei bei euch in der Schule kann doch nie und nimmer einer allein angestellt haben. Die Leute, die die Wände und Tafeln beschmiert haben, das müssen eigentlich auch die gleichen sein, die den türkischen Jungen so geschlagen haben, daß er ins Krankenhaus mußte, und das waren mindestens sechs oder sieben, das hab ich noch mal in dem kurzen Artikel nachgelesen, der darüber in der Zeitung stand. Die Polizei und eure Schulleitung haben keine Spur, sonst hätten sie die Täter festgenommen, und dann hätten sie heute morgen oder gestern abend nicht wieder alles beschmieren können. Oder bist du anderer Meinung?“

„Nein“, sagte er. „Red weiter.“

„Wenn man noch keine Spur hat, aber doch etwas unternehmen will, muß man einfach irgendwo anfangen und hoffen, daß man sofort ein Fädchen erwischt oder sonst irgendwie auf die richtige Fährte kommt. Ich fand den Typen so schrecklich unsympathisch, das hab ich dir ja schon erzählt, und du hast seinen Familiennamen genannt. Anne hab ich lieber nicht danach gefragt. Sie ist lieb, meine Schwester, aber auch furchtbar naiv. Die wäre sofort zu ihm gegangen und hätte ihn gefragt, ob er etwas damit zu tun hätte. Also hab ich gewartet, bis sie weg war, und dann ihre Tasche durchsucht und eure Klassenliste in ihrem Kalender gefunden. So bin ich hierher gekommen.“

„Wie lange stehst du schon hier?“

Sie schaute auf die Armbanduhr.

„Dreiviertel Stunde. Seit halb drei."
„Ist dir was aufgefallen?"
„Ja! Du! Ich traute meinen Augen nicht, als ich dich ankommen und reingehen sah. Aber jetzt bin ich wenigstens sicher, daß wir beide die gleiche Spur verfolgen. Warum bist du denn hier?"
„Ich brauchte ein paar Hefte."
„Das kannst du deiner Großmutter erzählen! Dafür kommst du nicht den weiten Weg hierher!"
Einen Augenblick lang starrte er nachdenklich vor sich hin. Sie war alles andere als dumm, und sie wollte das gleiche wie er, sagte sie jedenfalls. Konnte er ihr trauen? Er mußte das Risiko eingehen.
„Das erzähl ich dir gleich, warum ich hier bin", sagte er, „aber erst will ich noch einiges von dir wissen. Als ich ankam und reinging, hast du da noch jemand in die Rijnstraat einbiegen sehen?"
Sie schüttelte den Kopf.
„Niemand, der unverhofft langsamer fuhr oder irgendwo angehalten hat?"
„Nein."
„Dann ist mir also niemand gefolgt."
„Gefolgt?" Sie starrte ihn mit großen Augen an. „Was meinst du?"
„Gleich."
Er stellte sich neben sie und ging ein bißchen in die Knie. Jetzt konnte er sehen, was sie die ganze Zeit über im Auge hatte.
„Hast du gesehen, ob sich hinter den Fenstern der Wohnung etwas bewegt hat, als ich ankam oder wegfuhr?"
„Nein", sagte sie langsam, „aber ich war so überrascht, als du plötzlich auftauchtest, daß ich darauf auch nicht geachtet habe."
„Dann kann ich nur das Beste hoffen."
Einen Moment schauten sie sich schweigend an.

„Meinst du wirklich, daß sie dich verfolgen?“ fragte Ines. „Daß sie dich auf dem Kieker haben?“
„Das weiß ich genau“, sagte er. „Den Platten heute morgen, den hatte ich, weil man mir mit einer Heftzwecke einen Drohbrief auf den Reifen gepinnt hat. Und da stand mein Rad ganz offen irgendwo in der Stadt.“
„Aber warum sind sie denn hinter dir her? Du bist doch kein Ausländer?“
„Sie wollen nicht, daß ich mit Sandra gehe. Weiß und braun, das geht nicht und...“
„Was für eine Gemeinheit!“ sagte Ines. „Da muß man doch was gegen tun!“
„Versuch ich ja auch. Darum bin ich doch hier. Ich muß wissen, wer dahintersteckt. Ich bin auch hinter allem her, was ich erfahren kann. Ich werde sie finden. Und wenn ich sie in die Finger kriege...“
„Ich helf dir gern“, sagte sie.
Er schaute sie kurz an.
„Das kann gefährlich werden. Du weißt, wie es Oktay ergangen ist.“
„Der türkische Junge?“
„Ja, und er war nicht der erste.“ Wo er jetzt doch schon angefangen hatte, konnte er ihr auch alles erzählen. Er redete, bis sie ihn plötzlich tiefer in den Eingang drängte und ihm die Arme um den Nacken legte. Sie stand auf Zehenspitzen und legte ihre Wange an seine. Sie flüsterte ihm ins Ohr: „Martin Holzmann kommt mit dem Fahrrad raus. Nimm mich in die Arme, Trottel, dann sind wir irgendein Pärchen, das hier schmust. Mich kennt er nicht, und dich kann er so nicht erkennen.“
Ihr Atem kitzelte ihm den Hals, er fühlte ihren Körper eng und warm an sich geschmiegt. Durch ihre Haare sah er Martin Holzmann wie einen Blitz vorbeihuschen.
„Er ist vorbei“, sagte er. „Er ist in die Richtung gefahren. Bist du mit dem Fahrrad hier?“

„Nein“, sagte sie und schaute um die Ecke. „Er fährt nicht sehr schnell. Er biegt links ab, ich weiß nicht, wie die Straße heißt. Komm. Schnell!“
Sie sprang hinten auf sein Fahrrad. Als er um die Ecke gebogen war, sah er Martin weit vor sich. Zum Glück war hier etwas mehr Betrieb, so daß er sich näher heran traute. Ines hatte die Arme um seine Hüfte geschlungen und versuchte, an ihm vorbei nach vorne zu schauen. Er fühlte sich nach der unerwarteten Umarmung immer noch etwas unbehaglich. Ob sie wohl bemerkt hatte, daß sie ihn erregte? Sie hatte sich so plötzlich ganz eng an ihn geschmiegt...
Als Martin in die Thorbeckestraat einbog, hielt Lex an der Ecke an. Er beugte sich über den Lenker und meinte, Martin abbremsen zu sehen.
„Guck du, was er macht“, sagte er zu Ines.
Sie ging seelenruhig in die Thorbeckestraat. Erst nach fünf Minuten kam sie aus der anderen Richtung wieder. Sie war also um den ganzen Block gegangen. Sie legte eine Hand auf den Lenker und sagte:
„Hier vorne in der Straße stehen Reihenhäuser, weiter hinten Hochhäuser. Martin ist vor dem dritten Haus der zweiten Fünferreihe abgestiegen. Nummer 23. Er hat geklingelt, und als die Tür geöffnet wurde, ist er wie ein alter Bekannter, der oft zu Besuch kommt, reingegangen. Ich hab nicht sehen können, wer geöffnet hat. Pennings steht an der Tür.“

10

Er hörte seine Mutter nach oben kommen und drehte das Gesicht zur Wand. Wenn sie reinkam, sollte sie denken, er schliefe. Sonst würde sie nachher wieder sagen, daß er abends lieber früher nach Hause kommen sollte, um wie jeder normale Mensch nachts zu schlafen, und daß sie kein Auge zumachte, bis er zu Hause wäre, und daß sie nicht verstehen könnte, daß Sandras Eltern damit einverstanden wären, daß er da immer bis weit nach Mitternacht bliebe, und daß er doch auch an die Schule denken müßte, denn das könnte nicht gutgehen, wenn er so wenig Schlaf bekäme...

Solche verpfuschten Ferien hatte er noch nie gehabt. Morgen mußte er wieder zur Schule. Ob Sandra sich wohl wieder auf den Platz hinter ihm setzte? Ob sie wohl noch mit ihm reden wollte?

„Hau ab!" hatte sie gesagt. „Ich will nichts mehr mit dir zu tun haben." Und dann hatte sie geheult. Er war zu ihr gegangen, wollte ihr den Arm um die Schulter legen, aber sie hatte ihm eine Ohrfeige gegeben, und da hatte er dann seine Jacke angezogen und die Tür hinter sich zugemacht.

Das war am Freitag gewesen. Seitdem war er zu Hause geblieben und hatte sich immer mehr aufgeregt. Die Scheißkerle. Das war ihnen also gelungen. Sandra wollte nichts mehr von ihm wissen, sah in ihm den Weißen, einen, der anders war als sie, einen natürlichen Feind. Aber er würde sie zu finden wissen, die Scheißkerle.

Ines hatte gestern noch angerufen.

„Du gibst doch nicht auf?" fragte sie, als er sagte, daß er

nicht käme. „Das darfst du nicht! Sie haben sich nun schon vierzehn Tage ruhig verhalten. Ich rechne damit, daß sie noch was anstellen, bevor die Schule wieder beginnt."

Die ganzen Ferien über hatten sie Martin im Auge behalten. Er meinte sogar, sie hätten sich von Tag zu Tag geschickter dabei angestellt. In ruhigen Gegenden fuhr Ines in so großem Abstand hinter Martin her, daß sie ihn gerade noch sehen konnte, und er blieb so weit wie möglich hinter ihr. Wo es belebter war, verringerten sie den Abstand, und im Zentrum waren sie häufig sogar nebeneinander gefahren.

Martin war stets allein unterwegs gewesen, nachmittags nur manchmal, abends immer. Er war bei jedem gewesen, den Lex auf der Liste hatte, und so hatte er eigentlich sogar geholfen, die Adressenliste komplett zu machen. Wessel hieß mit Familienname Van Dijk und bei Rudi stand Krot an der Haustür. Zu allen Namen wußte er nun auch die Adresse, und er hatte sogar die Telefonnummern dazugeschrieben, auch wenn er kaum glaubte, die jemals zu brauchen. Manchmal waren auch einige der anderen Jungen dorthin gekommen, wo Martin gerade war, meistens bei Rudi Pennings in der Thorbeckestraat. Aber nie waren es mehr als vier. Keiner der andern hatte jemals Martin besucht.

„Sollen wir jetzt mit der Liste zur Polizei gehen?" fragte Ines am Freitag, kurz bevor er zu Sandra ging. „Wir haben ihre Namen, ihre Adressen. Sie müssen es sein, etwas anderes ist gar nicht denkbar."

Er schüttelte den Kopf. Das war noch zu wenig. Zwölf Jungen, die sich regelmäßig besuchten und daraus auch gar kein Geheimnis machten. Zwölf Jungen, die in der Schule in den Pausen immer zusammensaßen und allen zeigten, daß sie Freunde waren. Damit konnte man der Polizei nicht kommen.

Am ersten Nachmittag, als Martin direkt zu Rudi Pennings gefahren war, da hatte Lex gedacht, die Sache wäre geritzt. Einer der White-Power-Rabauken wohnte weniger als siebzig Meter von Sandras Haustür entfernt. Da hatten sie natürlich sehen können, daß er bei ihr war! Da hatten sie die Ventile aus den Reifen schrauben und zweimal einen Drohbrief in seine Klingel klemmen können. Darum hatte er niemanden gesehen.
Aber als er feststellte, daß das Benehmen der Jungen eigentlich ganz normal war, verschwand der Enthusiasmus schnell wieder. Wenn er selbst etwas Verbotenes getan hätte, wenn er wüßte, daß sich die Polizei gern mal mit ihm unterhalten würde, wäre er ununterbrochen auf der Hut. Aber so oft er auch hinter Martin hergefahren war, nie hatte der sich umgedreht oder vor dem Betreten eines Hauses nach links oder rechts gespäht.
Nein, er hatte keinen einzigen Beweis. Vielleicht waren sie die ganzen Ferien über auf der falschen Spur gewesen. Wenn er nur rausbekommen könnte, von wem die Handschrift auf den Drohbriefen war. Aber das hatten andere natürlich auch schon längst zu erfahren versucht. Sandra hatte ja gesagt, daß einige Eltern mit den Drohbriefen zum Direktor gegangen waren. Wenn er Direktor wäre, würde er allen Lehrern die Handschrift zeigen. Schüler schrieben Aufsätze und Diktate, und die Handschrift war so individuell, daß doch mindestens ein Lehrer sie erkennen mußte. Aber ... sie hatten fast hundert Drohbriefe in die Schultaschen gesteckt. Sollte die alle einer allein mit der Hand geschrieben haben?

„Ich geh zu Sandra“, sagte er zu Ines. „Und heute abend muß ich trainieren, in zwei Wochen beginnen die Sommerpunktspiele. Ich ruf dich morgen an.“
„Dann ruf ich lieber dich an“, sagte Ines. „Wenn Anne rangeht...“

Die beiden Schwestern hatten Krach. Anne hatte sie einmal zusammen durch die Stadt fahren sehen, und sie hatten sie nicht einmal bemerkt.
„Sie ist schrecklich eifersüchtig", sagte Ines. „Sie glaubt, wir beide hätten was miteinander." Sie wurde rot und schüttelte die Haare in den Nacken. „Aber ich kann ihr doch nicht erzählen, warum wir zusammen durch die Stadt fuhren und warum ich fast nie zu Hause bin."
Ines war ein guter Kamerad. Oft verstanden sie sich, ohne ein Wort sagen zu müssen, vor allem, wenn es darum ging, Martin auf den belebtesten Straßen dicht auf den Fersen zu bleiben oder festzustellen, wer ihm öffnete, nachdem er irgendwo geklingelt hatte. Während des stundenlangen Wartens, wenn Martin bei seinen Freunden war, hatten sie sich oft sehr gut unterhalten. Ines wollte Tierärztin werden, am liebsten für kleine Haustiere.
„Und du?" fragte sie.
„Ich weiß nicht", antwortete er. Er lehnte sich bequem an einen Baum.
„Darüber hab ich mich so oft mit Sandra unterhalten. Ich wollte eigentlich Ökonomie studieren, aber jetzt weiß ich nicht mehr ... Ich kann mich so aufregen, wenn ich sehe, was in letzter Zeit alles passiert. Nicht nur bei uns in der Schule, ich meine überall. Dagegen möchte ich was tun. Manchmal denke ich, ich geh zur Polizei, dann kann man wenigstens dagegen vorgehen. Und dann denke ich wieder, ich sollte etwas machen, womit ich etwas bewirken kann. Man muß die Leute doch beeinflußen können, sie soweit kriegen, daß sie anders denken! Dann möchte ich politische Wissenschaft studieren oder Soziologie oder was Ähnliches. Aber dann ende ich womöglich als Lehrer für Gemeinschaftskunde, und darauf bin ich nicht so scharf. Lehrer werden, Ordnung handhaben ... naja, vielleicht kann man dann in der einen Schule was

Vernünftiges tun, während an anderen Orten im Land die schrecklichsten Sachen passieren."

Er zuckte die Schultern und sagte dann: „Wenn wir diese Sache erst hinter uns haben, dann sehen wir weiter."

Im fahlen Licht der Straßenlaternen sah er sie nicken, dann schüttelte sie sich kurz fröstelnd und hockte sich mit dem Rücken an seinen Knien hin.

Ein paarmal hatten sie dicht nebeneinander stehend um eine Ecke geguckt oder sich hinter einem Baum versteckt. Einmal hatte sie wieder die Arme um seinen Nakken geschlungen wie am ersten Nachmittag im Eingang zum leeren Tabakwarengeschäft. Martin war gerade zu Rudi Krot ins Haus gegangen, als Peter Borgers und Hans Meulendijk auf ihren Fahrrädern ankamen. Er hatte ihr die Hände in die Hüften gelegt und ihren Atem warm und feucht an seinem Hals gespürt. Sein Gesicht hatte er in ihren Haaren verborgen. Hatte sie ihm da einen Kuß auf den Hals gegeben, dicht unter dem Ohr? Sie blieben auf alle Fälle länger als nötig so stehen, ein verliebtes Pärchen an einem Frühlingsabend, dem ein paar Jungen auf Fahrrädern hoffentlich keine Aufmerksamkeit schenkten, und dem ein Spaziergänger mit Hund einen amüsierten Blick gönnte. Als er vorsichtig die Straße entlang spähte, waren die beiden Jungen schon im Haus verschwunden, ihre Fahrräder standen an einem Baum davor.

Er hatte Sandra jeden Tag angerufen. Nachmittags war sie ein paarmal nicht zu Hause, dann erwischte er sie abends. Die Gespräche waren kurz, manchmal sagte sie nicht mehr als ja und nein, und er stellte sich dann vor, wie sie am Wandschrank im Wohnzimmer stand, dicht hinter dem Sessel ihres Vaters, der immer als erster ans Telefon ging.

Zweimal hatte er sie besucht, und beide Male war er vom

anderen Ende der Thorbeckestraat gekommen, so daß er nicht bei Pennings vorbei mußte. Sie waren nie alleine gewesen, und sie hatte ihn ein bißchen abweisend behandelt. Als er ging, hatte sie ihm im Beisein ihrer Mutter einen flüchtigen Kuß gegeben und die Tür hinter ihm sofort geschlossen.

Freitag früh hatte er mehr Glück. So schien es wenigstens. Er klingelte und wartete. Aus der Wohnung drang kein Geräusch. Als er noch einmal klingelte, wurde die Tür spaltbreit geöffnet.

„Wer ist da?“ fragte Sandra.

„Ich bin es, Lex“, sagte er.

Sie schloß die Tür wieder und er hörte, wie sie die Sicherheitskette löste. Hatte sie jetzt schon Angst, die Burschen könnten ins Haus eindringen?

Die Tür wurde geöffnet. Sie wirkte klein und geduckt und ging sofort ins Wohnzimmer, wo sie sich auf die Fensterbank mit dem Heizkörper darunter stützte.

„Amüsierst du dich gut in den Ferien?“ fragte sie. Das hörte sich fast feindselig an. „Was stellst du alles an?“

Er starrte sie kurz verblüfft an. Jeden Tag hatte er gefragt, ob sie mit ins Hallenbad ging oder lieber mit ihm irgendwo anders hin wollte. Immer hatte sie gesagt, sie sei zu beschäftigt.

„Habt ihr schon was rausgekriegt?“ fragte er leise.

Sie drückte die Schulter nach hinten. Sie schien plötzlich ein Stück gewachsen zu sein. Ihre Augen waren pechschwarz.

„Darüber will ich nicht reden“, sagte sie. „Bist du nur deshalb gekommen?“

„Sandra“, sagte er, „was ist denn?“

„Nichts“, erwiderte sie.

„Gehst du heute mit? Das Wetter ist herrlich. Wenn wir jetzt ins Grüne fahren, dann können wir bestimmt irgendwo...“

„Ich hab heute nachmittag einen Termin beim Friseur", sagte sie.
„Und heute abend?"
„Ich geh abends nicht mehr weg. Das erlaubt mein Vater nicht. Der findet das zu gefährlich."
Sie ließ die Schultern wieder hängen und starrte auf den Teppich. Mit einer Schuhspitze zeichnete sie den Rand am Ansatz der Fransen nach.
„Sandra?" sagte er bittend. Sie schaute nicht auf. Er ging zu ihr und legte ihr die Hände auf die Schultern. Er stellte sich dicht vor sie und streichelte ihre Haare und ihren Nacken, aber sie wollte den Kopf nicht heben und blieb halb auf der Fensterbank sitzen.
„Was ist denn?" fragte er noch einmal.
Sie redete so leise, daß es ihn Mühe kostete, sie zu verstehen: „Wir zählen ja nicht. Alle wollen uns weg haben. Eine politische Partei, die offen sagt, die eigene Kultur müßte gegen fremde Einflüsse geschützt werden, wird nicht einmal verboten. Die Polizei bemüht sich überhaupt nicht, endlich herauszufinden, wer Oktay krankenhausreif geschlagen hat. Wir sollen abhauen..."
„Moment", sagt er. „Das stand auch auf dem Drohbrief, den du neulich bekommen hast. Danach wollte ich noch fragen. Wie sieht der Brief aus?"
Jetzt sah sie ihn doch an. Verblüfft.
„Das hab ich dir doch erzählt! Einfach ein Stück Papier. Da steht nur drauf *Unsere Schule ist eine weiße Schule. Haut ab!* Und rechts unten das Zeichen, das sie auch überall in der Schule an die Wände und Tafeln geschmiert haben. Mit einem roten Kreis drumherum."
„Ja", sagte er ein wenig ungeduldig. „Aber ich meine... Ist der Brief mit der Hand geschrieben?"
Sie schüttelte den Kopf. „Nein, mit der Maschine. Wir haben alle eine Fotokopie gekriegt. Nur den roten Kreis haben sie mit einem Rotstift gezogen."

„Aber dann …“ sagte er.

Sie gab ihm nicht einmal die Zeit, den Satz zu beenden. Sie schüttelte seine Hände von den Schultern, stand auf, drehte ihm den Rücken zu und schaute aus dem Fenster.

„Da gehören wir also nicht hin, auf eine weiße Schule. Wir können Leine ziehen. Wir dürfen nur bleiben, wenn ihr uns braucht. Eine Negerin aus Surinam, die richtig schnell laufen kann, die wird mit lautem Jubel empfangen. Die ist plötzlich eine echte Niederländerin, denn die kann vielleicht eine Medaille gewinnen für das schöne Vaterland. Guck dir doch mal die niederländische Fußballnationalmannschaft an! Drei, vier Farbige, und dann heißen sie plötzlich ‚unsere Jungs‘, und wenn dieselben Jungs mit ein paar Freunden in eine Kneipe kommen, wo man sie nicht kennt, werden sie schief angeguckt und müssen sich dreckige Bemerkungen gefallen lassen!“

„So sind doch nicht alle“, warf er ein.

Stur schaute sie weiter nach draußen und sagte: „Wofür brauchst du mich denn noch? Du amüsierst dich doch so gut mit der großen Blonden. Ihr seid jeden Nachmittag und jeden Abend irgendwo in der Stadt zu sehen. Warum sagst du nicht einfach, daß du genug von mir hast? Du weißt doch jetzt, wie ein braunes Mädchen aussieht. Und du wirst wohl auch wissen …“

„Nein“, sagte er. „Das ist nicht so wie du denkst. Ines hilft mir. Wir suchen die White-Power-Rabauken. Und das tu ich, weil ich dich liebe, weil ich nicht will, daß du Angst hast, weil ich nicht will, daß du abends auf der Straße überfallen wirst.“

„Dann hast du dir aber eine angenehme Hilfe gesucht!“

Er stellte sich hinter sie, nahm ihre Oberarme und versuchte, sie umzudrehen, um ihr Gesicht sehen zu können, aber sie befreite sich aus seinem Griff und sagte:

„Rühr mich nicht an! Das ist doch alles, was ihr von uns wollt!“ Sie ging zum Tisch, nahm die dicke Zeitung herunter und faltete sie auseinander. Sie blätterte kurz darin, tippte mit dem Zeigefinger auf eine Seite voller kleiner Anzeigen und fuhr fort: „Hier, das ist es, wofür wir gut sind! Liebes Thaimädchen! Negerin, lange Beine, möchte Sie verwöhnen. Indonesischer Typ, vollbusig! Heißes Mischlingsmädchen! Die Zeitung ist voll davon. Ihr kotzt mich an!“

Wütend stand sie vor ihm.

Er wollte zu ihr, aber sie ging um den Tisch herum wieder zum Fenster.

„Geh!“ sagte sie leise. „Ich will nichts mehr mit dir zu tun haben!“ Sie fing an zu weinen.

Er stand da und wußte nicht, was er tun sollte.

Das war doch nicht möglich! Sandra konnte doch nicht einfach sagen, sie wolle nichts mehr mit ihm zu tun haben. Er ging zu ihr, wollte ihr den Arm um die Schulter legen, wirklich, nur den Arm um die Schulter legen, aber sie rief wieder:

„Rühr mich nicht an! Such dir eine von deiner Art!“

Und als er ihr doch den Arm entgegenstreckte, gab sie ihm eine Ohrfeige.

Als er nach Hause fuhr, liefen ihm die Tränen übers Gesicht.

Wie oft hatte er das seit Freitag früh immer wieder erlebt? Er quälte sich selbst damit. Er mochte dann zwar versuchen, jedes ihrer Worte erneut zu hören, aber was sie gesagt hatte, blieb dasselbe. Sie wollte nichts mehr mit ihm zu tun haben. Weil er weiß war.

Er drehte sich auf den Rücken. Scheißferien. Verdammte Saubande. Er mußte rauskriegen, wer sie waren, aber das hatte er sich nun schon so oft überlegt. Er mußte etwas unternehmen, er mußte versuchen, logisch zu denken.

Es war nicht unwahrscheinlich, daß er als einziger einen handschriftlichen Drohbrief bekommen hatte. Den ersten hatte er sofort zerknüllt und in die Jackentasche gesteckt. Den zweiten und den dritten hatte er sorgfältiger behandelt. Er brauchte sie gar nicht mehr herauszuholen, so oft hatte er sie sich schon angesehen.
Wann hatte er sie gefunden? Den ersten und den zweiten kurz nacheinander, als sein Fahrrad vor Sandras Haustür stand. Wenn Martin und seine Freunde dahintersteckten – und das mußte er einfach annehmen, weil Martin wußte, daß Sandra auf der Straße überfallen worden war –, konnten er und seine Freunde das gemacht haben, während sie bei Rudi Pennings waren. Von dort aus konnten sie am fraglichen Abend auch gesehen haben, daß Sandra alleine wegging. Dann hatten sie sie bis Ellys Haus verfolgt. Vielleicht hatten sie dann in aller Ruhe gewartet, bis sie wieder nach Hause ging.
Die Drohbriefe. Den ersten Brief konnten sie im voraus geschrieben haben, aber sie hatten ihr Symbol nicht daruntergesetzt. Das könnte heißen, daß dieser erste Drohbrief aus einer plötzlichen Idee heraus geschrieben worden war.
Sie konnten ja nicht ahnen, daß er mit Sandras Vater wieder ins Haus gehen würde. Dann war der zweite Drohbrief also erst danach geschrieben worden. Nicht von Martin Holzmann, der hatte eine andere Handschrift. Rudi Pennings? Oder ein anderer? Den dritten Drohbrief hatten sie ihm unter die Klappe seiner Schultasche geschoben. Die vierte Drohung hatten sie ihm beim Einkaufszentrum auf den Vorderreifen gepinnt. Es waren also bestimmt Leute von ihrer Schule, und sie hatten Sandra und ihn beschattet.
Und danach nicht mehr?

„Lex! Telefon!“ Seine Mutter stand unten an der Treppe

und rief. Er sprang aus dem Bett und mußte sich einen Moment an seinem Schreibtischstuhl festhalten, bis ihm nicht mehr schwindlig war. Er guckte auf die Armbanduhr. Viertel vor sechs.
„Wer ist es denn?“ fragte er, als er beinahe unten war.
Seine Mutter zog die Schultern hoch. „Ein Mann“, sagte sie.
Er nahm den Hörer, den seine Mutter neben den Apparat gelegt hatte.
„Lex Verschoor.“
Dann hörte er ein Klicken, und danach das Zeichen, daß am anderen Ende aufgelegt worden war.

11

Ines hatte recht gehabt. Zwei Wochen lang war nichts passiert, es wurde Zeit, daß White Power sich als weiterhin bestehende Gruppe zeigte. Es war, als würden die, die sich hinter dem Namen verbargen, ihren Spott treiben, mit der Schulleitung, mit der Polizei, mit allen, die hinter ihnen her waren. Wie zum Beispiel Lex Verschoor.

Er war früh. Er wollte unbedingt eher in der Schule sein als Sandra, um an ihrer gewohnten Stelle im Umkleideraum auf sie zu warten. Vielleicht hatte sie sich ein bißchen beruhigt, vielleicht reagierte sie anders, wenn sie ihn in der vertrauten Umgebung sah. Zwischen ihnen konnte doch nicht plötzlich alles vorbei sein.

Die Wände der Schule waren sauber. Er hatte keine Ahnung, wie so etwas gemacht wurde, aber auf alle Fälle war von der Schmiererei nichts mehr zu sehen. Vor dem Haupteingang der Schule standen einige Schüler und Lehrer und starrten nach oben. Auf dem Rand des großen Vordaches über den Glastüren hatte immer auf weißem Beton in strengen, schwarzen Buchstaben der Name ihrer Schule gestanden: GEMEINSCHAFTSSCHULE WESTERFELD. Jetzt stand da fahrig hingesprüht: G S WEISSENBURG. Und an beiden Seiten das spitzwinklige S, der schwarze Blitz, eingerahmt von einem roten Kreis.

Ines hatte recht gehabt.

Verdammt, er hätte sich selbst in den Hintern treten können. Wenn er Freitag, Samstag und gestern nicht so mut-

los zu Hause rumgehangen hätte, wenn sie gemacht hätten, was sie fast zwei Wochen lang gemacht hatten, wüßte er jetzt mehr. Dann könnte er jetzt mit Sicherheit sagen: Martin und seine Freunde sind White Power. Oder: Martin und seine Freunde haben es nicht getan.
Die gestrigen Telefonanrufe mußten nicht unbedingt etwas damit zu tun haben.
Er hatte seine Mutter gefragt, ob sie sich nicht geirrt hätte, aber sie wußte es genau. Es war ein Mann und der hatte gefragt, ob Lex zu Hause wäre. Da hatte sie gesagt, sie würde ihn rufen. „Ja, gern", hatte der Mann geantwortet.
Den weiteren Abend war er dann unten geblieben. Erst hatte er sich die Sportschau angesehen, danach eine amerikanische Serie, die seine Mutter sehen wollte. Zwischendurch hatte sie gefragt, ob er an seinem Geburtstag etwas Besonderes vorhätte. Er würde immerhin achtzehn, und das wäre ein besonderer Anlaß.
Wenn's nach ihm ginge, bräuchte der Geburtstag nicht beachtet zu werden. Und feiern wollte er ganz bestimmt nicht. Eine Feier ohne Sandra, das war nicht auszudenken.
Da klingelte wieder das Telefon. Er war sofort dran. Es könnte ja Sandra sein.
„Lex Verschoor", meldete er sich. Keine Antwort. Er konnte jemanden durch die Nase atmen hören. Sonst nichts.
„Hallo!" Aber am anderen Ende wurde wieder aufgelegt.
Wollten sie kontrollieren, ob er zu Hause war? Hatten sie doch gemerkt, daß Ines und er Martin seit Dienstag nach Ostern durch die ganze Stadt verfolgt hatten? Daß sie stundenlang an Straßenecken, in Hauseingängen und in Parkanlagen darauf gewartet hatten, die Jungen würden eines Abends etwas unternehmen, was sie bloßstell-

te? Hatten sie einfach einen Abend abgewartet, an dem sie nicht beobachtet wurden?

Er erschrak, als er Sandra sah. Sandra, die am Freitag so klein und geduckt wirkte, war überhaupt nicht wiederzuerkennen. Stolz und hochaufgerichtet kam sie in den vollen Umkleideraum. Sie schaute in die Runde, als wollte sie alle warnen: Wagt es ja nicht, mich blöd anzuquatschen!

Sie hatte sich eine neue Frisur machen lassen. In kleinen Löckchen lag das Haar eng am Kopf.

Er trat einen Schritt vor, aber sie nickte ihm nur kurz zu und ging dann zu einem der Garderobenständer. Sie zog die Jacke aus und hängte sie auf. Er stellte sich neben sie. Sie schaute zu ihm auf.

„So“, sagte sie. „Ich hab noch keine Zeit gehabt, mir Ohrringe zu kaufen, aber das werde ich heute nachmittag tun.“

„Warum hast du das gemacht?“ fragte er.

Sie legte den Kopf in den Nacken und sah ihn an. Ihr Blick war kalt, fast abweisend. „Das erwartet ihr doch von uns“, sagte sie. „Wir sind nicht weiß, das müssen wir uns doch ständig anhören, na bitte, dann will ich auch nicht versuchen, wie eine Weiße auszusehen. Wenn es einen Unterschied geben muß, dann werde ich dafür sorgen, daß man den auch deutlich sehen kann“.

„Aber so ... das bist du doch gar nicht“, sagte er leise.

„Als wäre ich jemals ich selbst gewesen“, erwiderte sie. „Daß ich nicht lache. Aber dafür bin ich absolut nicht in Stimmung.“ Sie drehte sich um und ließ ihn stehen.

Martin und seine Freunde zeigten nicht die geringste Reaktion. Martin hatte wie alle in der Klasse aufgesehen, als Sandra mit ihrer neuen Frisur eintrat. Niemand sagte etwas. Wahrscheinlich, weil sie mit dem gleichen Blick in

die Runde schaute, mit dem sie auch in den Umkleideraum gekommen war.
In der Pause setzte er sich neben Sandra auf seinen Stammplatz an dem Tisch, an dem die meisten ihrer Klasse saßen. Sie wechselten kein einziges Wort. Annes überraschten Blick konnte er mehr fühlen als sehen, und er wußte genau, daß sie gleich mit ein paar Freundinnen darüber reden würde: Es ist aus zwischen Sandra und Lex.
Er versuchte, so unauffällig wie möglich zum Tisch in der Ecke hinüberzuschauen. Die zwölf Jungen unterhielten sich so ruhig, daß niemand sie beachtete, ein Haufen harmloser Freunde aus verschiedenen Klassen, Schüler, die sich so gut kannten, daß sie sich fast ohne Worte verstanden.
Van Roon begann die fünfte Stunde zum wiederholten Male, indem er über Hamlet und die anderen Theaterstücke von Shakespeare sprach. Danach legte er ein Tonband auf.
„Achtet vor allem auf den Dialog zwischen Hamlet und Ophelia", sagte er, aber Lex konnte sich nicht darauf konzentrieren. Er lehnte sich zurück und hörte dicht an seinem Ohr Sandras Atem. Martin hörte aufmerksam zu und machte sich ab und zu Notizen. Anne sah sich ein paarmal zu ihm um; wieviel hatte Ines ihr erzählt?
Wenn sie Martin weiterhin verfolgt hätten, hätten sie vielleicht gesehen, wer der Schule den neuen Namen gegeben hatte. Eigentlich seltsam, daß das so wenig Aufregung verursacht hatte. Am letzten Tag vor den Ferien hatten sie in dichten Trauben auf dem Schulhof gestanden, heute hatten sie kurz zum Vordach hinaufgeblickt und die Schultern gezuckt.
Das war gefährlich. Wenn die White-Power-Rabauken – wer es auch sein mochte – erst einmal das Gefühl hatten, nicht ernst genommen zu werden, würden sie es wieder

auf eine andere Art und Weise versuchen. Sie wollten die farbigen Schülerinnen und Schüler in Angst versetzen, und sie waren bereit, dabei Gewalt zu gebrauchen, das hatten sie deutlich zu erkennen gegeben. Sie wollten dauernd im Gespräch sein, und wenn die Veränderung des Namens ihrer Schule mit Schulterzucken beantwortet wurde, würden sie sich sehr bald wieder etwas anderes einfallen lassen.
Ihm blieb keine Wahl, er mußte die Augen offen halten. So lange er keinen anderen im Verdacht hatte, mußte er sich an Martin halten. Heute abend würde er wieder anfangen. Aber er mußte vorsichtig sein, die Anrufe gestern waren ein deutliches Zeichen. Seit dem Drohbrief, der auf seinen Reifen gepinnt war, hatte er nichts mehr von White Power gehört, aber sie hatten ihn auf dem Kieker, so wie er Martin im Auge behielt.

Es begann, zur Gewohnheit zu werden. So, wie er Martin in den Ferientagen in der Stadt vor sich gesehen hatte, so wollte er nun auch in der Schule immer seinen Rücken vor sich haben. Sie schlurften durch die überfüllten Gänge. Noch eine Stunde, dann wäre der Montag auch wieder geschafft.
Martin ging ein paar Meter vor ihm. Lex versuchte, immer ein paar andere zwischen sich und Martin zu haben. Martin trug die Tasche unter dem rechten Arm. Den linken Arm ließ er locker herunterhängen. Zeigefinger und Mittelfinger der linken Hand hielt er gestreckt nach unten, die Spitzen des kleinen und des Ringfingers hatte er an die Daumenspitze gelegt.
Lex legte die Finger seiner freien rechten Hand in die gleiche Position und mußte darüber grinsen. Manche Leute hatten wirklich eigenartige Gewohnheiten, aber was er da sah, konnte er beim besten Willen nicht eine natürliche Fingerhaltung nennen. Was machten andere

eigentlich mit ihrer freien Hand? Er sah sich die Schüler an, die ihm im Gang entgegenkamen. Manche hatten die Hand in der Hosentasche, andere hielten einen Kugelschreiber oder ein Heft oder ein Buch, einige hatten den Daumen in den Hosenbund gehakt, oder sie kratzten sich im Gesicht.

Er zuckte zusammen, als er sah, daß Meinhard Westendorp seine Finger genauso hielt wie Martin. Als er nur noch wenige Schritte von Martin entfernt war, streckte er blitzschnell den gekrümmten Daumen, um ihn sofort wieder in die alte Stellung schnappen zu lassen. Es sah aus wie ein zuschnappendes Maul. Martin machte das gleiche Zeichen.

Er durfte sich nicht anmerken lassen, daß er es gesehen hatte. Er mußte einfach unbefangen weitergehen, aber er mußte die Augen höllisch offenhalten.

Warum grüßten die Jungs sich nicht normal? In der Schule durften doch alle wissen, daß sie Freunde waren. Trotzdem hatten sie sich nicht angesehen, Meinhards Blick war einzig auf Martins linke Hand gerichtet.

Einen Moment war er so erschrocken, daß er nicht auf die Hände anderer Schüler geachtet hatte. Jetzt sah er Rudi Krot kommen, jetzt mußte er sehen, ob sie sich auch auf diese Art grüßten. Dicht vor Rudi Krot ging ein Mädchen, das die Finger genauso hielt. Als sie einen Schritt vor Martin war, kam die zuschnappende Bewegung, die Martin sofort beantwortete. Martin und Rudi grüßten sich auf die gleiche Art, und dann kamen noch zwei Jungen, die die gleiche Fingerbewegung machten. Lex kannte sie nur vom Sehen.

Er hätte vor Freude in die Luft springen können. Das konnte kein Zufall sein, das war ein verabredetes Zeichen, das von anderen nicht gesehen werden sollte. Es wirkte schrecklich kindisch, ein Klub mit Geheimzeichen, aber wenn Leute seines Alters das machten, hatten sie etwas zu verbergen. Er war doch die ganze Zeit über auf der richtigen Spur gewesen! Er hatte lediglich gedacht, es wären nur die zwölf Jungen, aber jetzt zeigte sich, daß noch mehr auf der Schule waren. Wie viele mochten es sein?

12

„Kommt Sandra nicht?" fragte Jenny, und er merkte, wie seine Mutter und Albert ihn sofort ansahen. Einen gemütlichen Geburtstag nannten sie es. Sie waren um halb sechs gekommen, und gleich nach dem Essen hatte Jenny den Fernseher eingeschaltet.
Ohne groß darauf zu achten, ließ er die Bilder vorbeiflimmern. An einem Tag wie heute konnte er wohl kaum zur Rijnstraat gehen – falls das überhaupt noch nötig war –, und er konnte sich auch nicht auf sein Zimmer zurückziehen, um auf die lange Namensliste zu starren.
Verdammt, daß er ausgerechnet heute Geburtstag haben mußte! Seine Mutter hatte ihn am Morgen fast flehentlich gebeten, heute doch bitte gleich nach der Schule nach Hause zu kommen. Tante Grete wollte am Nachmittag zu Besuch kommen, und die wäre doch immer so schwer zur Tür rauszukriegen. Wenn sie noch da wäre, wenn Jenny und Albert kämen, hätten sie sie vielleicht den ganzen Abend auf der Pelle.
Hätte seine Mutter ihn nicht so dringend gebeten, doch ja gleich nach Hause zu kommen, wäre er heute nachmittag zur Polizei gegangen. Seit heute morgen wußte er genug, aber er traute sich nicht, damit zum Direktor zu gehen. Man konnte nie wissen, wie der in so einem Fall reagieren würde.
„Nein", sagte er kurzangebunden, „es ist aus."
„Hast du genug von ihr?" fragte Albert.
Er zog die Schultern hoch. Die Bemerkung war ihm einfach zu dumm, um darauf einzugehen. Wenn sie nur den

Mund halten wollten, sonst fing er womöglich noch an zu heulen, trotz seiner achtzehn Jahre.
Heute morgen war ihm das schon schwer genug gefallen. Sandra wußte, daß er Geburtstag hatte, und er hatte gehofft, sie würde ihn ansprechen, aber sie hatte getan, als wäre er Luft, wie sie nun schon seit anderthalb Wochen durch ihn hindurch schaute. Seit Montag früh im Umkleideraum hatte er nicht mehr mit ihr gesprochen, und das war es doch gerade, was ihm so fehlte. Er hätte so gern wieder ihre Nähe gespürt, wie damals auf dem Parkdeck, und er wollte mit ihr über das sprechen, was er rausbekommen hatte. Er wollte von ihr wissen, ob sie noch mehr entdeckt hätte.
Im Laufe des Abends war ein paarmal angerufen worden. Er war aufgesprungen. Vielleicht hatte Sandra ihn in der Schule nicht ansprechen wollen, weil sie das in letzter Zeit so auffallend vermieden hatte, aber es waren Onkel und Tanten, die ihm gratulierten und dann das Gespräch sehr schnell beendeten, weil sie ihm sonst nichts zu sagen hatten.
Ines hatte angerufen und ihm gratuliert, heute mittag schon, als er gerade nach Hause gekommen war. Sie hatte gefragt, ob sie sich morgen abend wieder an der gewohnten Stelle treffen würden, aber er hatte geantwortet, das wäre wohl nicht mehr nötig. Und dann hatte er sich mit ihr für morgen nachmittag um halb vier am Eingang der Bibliothek verabredet.
Das ist genau gegenüber der Polizei, dachte er, sagte es aber lieber nicht laut. Seine Mutter und Tante Grete hörten ohnehin mit gespitzten Ohren zu.

Er fragte sich, ob er alles, was nun als Beweismaterial gelten könnte, die Drohbriefe und die Namensliste, mit zur Schule nehmen sollte. Würde er etwas verlieren, hätte er nichts mehr in Händen. Und seine Geschichte war doch schon phantastisch genug. Er wagte kaum, sich auszumalen, was passieren würde, wenn jemand in seiner Tasche schnüffelte oder er so ungeschickt wäre, sein ganzes Beweismaterial zugleich mit einem Buch herauszuziehen, so daß es zu Boden fiel.

Es wäre wohl klüger, von der Schule aus nach Hause zu fahren und alles zu holen. Vielleicht wäre er dann etwas zu spät vor der Bibliothek, aber Ines würde bestimmt warten.

Eigentlich hatten sie alles recht gut organisiert, die Jungen von White Power. Die zwölf Freunde am Ecktisch in der Kantine saßen ganz offen beieinander und benahmen sich so, als hätten sie nichts zu verbergen. Alle anderen – und er hatte nun schon dreiundsiebzig auf der Liste – taten so, als würden sie die zwölf nicht kennen. Nur mit den Fingern machten sie die Grußbewegung. Auch untereinander verkehrten die anderen innerhalb der Schule kaum miteinander.

Jedesmal, wenn er im Gang jemanden gesehen hatte, der zwei Finger gestreckt und die Spitzen von kleinem Finger, Ringfinger und Daumen aneinandergelegt hatte, hatte er sich dessen Gesicht gemerkt. Danach hatte er sich eine Liste angelegt. Von manchen wußte er Vor- und Zunamen, von anderen nur den Ruf- oder nur den Familiennamen, von einigen überhaupt nichts. Es war eine unübersichtliche Liste geworden. Dicker, blonder Junge, wahrscheinlich 10. Realschulklasse; Mädchen, Normalgröße, langes, rotblondes Haar, Sommersprossen, 10. Klasse Hauptschule. Aber mit Hilfe der Schulleitung würde die Polizei die wohl identifizieren können.

Am meisten Mühe hatte das Beobachten der eigenen Klassenkameraden gemacht. Denen begegnete er nur selten im Gang. Vergangene Woche war es ihm gelungen, wenigstens einmal hinter jedem einzelnen herzugehen. Angefangen hatte er mit Anne, und er hatte eine seltsame

Spannung gefühlt, als er hinter ihr die Klasse verließ. Nicht auszudenken, wenn sie dazugehörte! Dann war die Chance groß, daß auch Ines dazugehörte. Er war sehr erleichtert, als sie ihre Tasche von der rechten in die linke Hand nahm und sich lebhaft mit einigen anderen Mädchen unterhielt.
Auch Sandra hatte er kontrolliert. Für alle Fälle. Wenn er sich alle aus seiner Klasse vornahm, konnte er sie nicht auslassen. Sie war negativ, wie auch Wim und Jakob. Außer Martin gehörte aus ihrer Klasse nur Saskia dazu. Das hätte er nie von ihr gedacht, denn in den Pausen setzte sie sich häufig neben Sandra. Um sie auszuhorchen?

Er erschrak, als das Telefon klingelte. Er hatte auf den Fernsehschirm gestarrt, ohne viel wahrzunehmen. Auf die knappen Kommentare von Albert und seiner Mutter hatte er auch nicht geachtet. Nur Jennys Stimme war häufiger zu ihm durchgedrungen. Jetzt starrten ihn alle an. Heute gehörte das Telefon ihm.
Er stand auf und nahm den Hörer von der Gabel. „Lex Verschoor."
Am anderen Ende der Leitung blieb es still. Er meinte, schweres Atmen hören zu können wie von jemandem, der gerade schnell gelaufen oder sehr aufgeregt war.
„Lex Verschoor", sagte er noch einmal. Und dann war auch schon wieder aufgelegt worden.
„Wer war das?" fragte seine Mutter.
„Unfug", sagte er. „Wollte sich wohl einer einen Scherz erlauben. Vielleicht Kinder, die alleine zu Hause sind und sich langweilen."
Er schaute auf die Armbanduhr.
„Gleich halb zehn", sagte er. „Kinder sollten schon lange im Bett sein."
Jenny erzählte Mutter sofort eine lange Geschichte von

Leuten, die sie anriefen, aber die Tierklinik haben wollten. Da wäre nur in einer Nummer ein kleiner Unterschied, eine Fünf statt einer Sechs, aber es käme ja so oft vor...
Sollte heute abend tatsächlich wieder etwas passieren? Ausgerechnet heute abend? Als sie Sonntag vor einer Woche kontrollierten, ob er zu Hause war, stand am nächsten Morgen GS WEISSENBURG an ihrer Schule. Was würden sie heute abend anstellen? Er schaute nach draußen. Es war schon fast dunkel. Er war unruhig. Jenny und Albert machten noch keinerlei Anstalten, endlich zu gehen. Aber was machte das aus, er hatte ja doch keine Ahnung, was er jetzt noch machen sollte. Hätte er etwas unternehmen wollen, hätte er schon früher am Abend in der Rijnstraat sein müssen.
Wenn er heute nachmittag schon zur Polizei gegangen wäre, hätte White Power heute abend vielleicht keine Aktion starten können. Wenn es wenigstens bei etwas Harmlosem bliebe.

„Möchtest du auch etwas anderes trinken, Lex?" fragte seine Mutter.
Großer Gott, wenn „etwas anderes" erst um halbzehn dran war, würde es wohl sehr spät werden.
„Gib mir ein Bier", sagte er. „Ich brauch ja erst wieder Samstag abend zu spielen."
Würden sie heute abend tatsächlich etwas anstellen? Vergangene Woche hatte er noch gedacht: Wenn sie meinen, auf die eine Art nicht genug Aufmerksamkeit zu erregen, denken sie sich was anderes aus. Wenn nur niemand dran glauben mußte, sonst würde er es sich nie verzeihen, daß er nicht heute nachmittag schon zur Polizei gegangen war.
Sie hatten sich Signale durchgegeben, die er nicht begriffen hatte. Dienstag morgen, als ihm die ersten auffielen,

die sich so seltsam grüßten, hatten die meisten nur einmal diese zuschnappende Fingerbewegung gemacht, Martin und seine Freunde aber machten es dreimal hintereinander sehr schnell. Das Zeichen war schnell weitergegeben worden, in der Pause zwischen der sechsten und siebten Stunde hatten alle Daumen drei schnelle Bewegungen gemacht.
Gestern waren es dann nur noch zwei, und heute war's wieder normal gewesen, da grüßten sie sich wieder, wie er es in der vergangenen Woche gesehen hatte.
Er hatte geglaubt, es könnte etwas mit der Fotoausstellung zu tun haben, aber der Anruf eben ließ ihn wieder zweifeln.
Er füllte langsam sein Glas, das er ein wenig schräg hielt. Zufrieden schaute er auf die Schaumkrone.
„Prost", sagte er.
„Prost", wurde ihm geantwortet, und Albert fügte sofort hinzu: „Jetzt darfst du wählen, nicht?"
„Und den Führerschein machen", sagte er.
Seine Mutter sah ihn kritisch an, sagte aber zum Glück nichts.

Gestern war der Tisch in der Ecke der Kantine zu Beginn der großen Pause leer geblieben. Als einige lärmende Schüler der sechsten Klasse entdeckten, daß der bevorzugte Tisch unbesetzt blieb, nahmen sie ihn schnell in Besitz.
Er fragte sich, was sie in Himmels Namen vorhatten. Wagten sie es am hellichten Tag, etwas zu unternehmen? Kamen sie jetzt aus ihren Rattenlöchern heraus? Zu Beginn der sechsten Stunde wußte er es.
Überall in der Schule hingen kleine Plakate, auf denen mit vergrößerter Schreibmaschinenschrift stand:

BESUCHT DIE FOTOAUSSTELLUNG
DES
FOTOCLUB WESTERFELD
MORGEN IN DER AULA!

Das war es also! Er hatte immer gewußt, daß in der Schule ein Fotoclub existierte. Ab und zu stand etwas darüber in der Schülerzeitung, und dann waren immer schöne Aufnahmen dabei und der Aufruf, doch auch Mitglied zu werden. Er wußte auch, daß es streng verboten war, die Tür im Keller zum Labor zu öffnen, wenn die rote Lampe brannte.

Diejenigen, die nun überall in der Schule Plakate geklebt hatten, an alle schwarzen Bretter und in den Gängen und in den Klassen und an alle Türen, das waren Martin und seine Freunde, die zwölf Jungen, die seiner Meinung nach den harten Kern von White Power bildeten. Sie konnten sich nach der Schulzeit in die Kellerräume des Fotoclubs zurückziehen und dort beratschlagen. Wenn sie die rote Lampe anmachten, wurden sie von niemandem gestört.

Er war sehr neugierig auf ihre Aufnahmen. Konnten sie wirklich etwas, oder war der Fotoclub nur Tarnung? Um nicht aufzufallen, wollte er nicht zu früh hingehen.

Ihm war es nur recht, daß Gerd in der großen Pause, als sie ihre Brote aufhatten, fragte:

„Gehst du mit, sehen wir uns die Fotos mal an?"

Er nickte und stand sofort auf. Die Brotdose steckte er in die Tasche, die er am Schulterriemen trug. Die hatte er in letzter Zeit ständig bei sich.

Als er reinkam, sah er gleich als erstes eine riesige Vergrößerung einer Schwarzweißaufnahme, die am Bühnenvorhang hing. Das White-Power-Symbol, auf eine Backsteinmauer gesprüht. Es mußte die Mauer der Schule sein, am Tag vor den Osterferien.

Gemeinsam mit Gerd war er an den Wänden entlanggegangen, wo die Fotos in Augenhöhe hingen. Es waren wirklich gute Aufnahmen dabei, Landschaften, Porträts, Stilleben. Sie hatten sich große Mühe gegeben, denn alle Bilder waren in weißen Rahmen und hinter Glas. In der rechten unteren Ecke eines jeden Bildes war ein kleines weißes Kärtchen, darauf der Name des Fotografen, der verwendete Film, die Belichtungszeit und die Blende. Es waren die ihm bekannten Namen, nur ab und zu einer, der nicht zu der Zwölfergruppe gehörte, und diese Aufnahmen waren von deutlich geringerer Qualität.
In der hintersten Ecke der Aula hing eine Serie stark vergrößerter Porträts der Lehrerinnen und Lehrer. Gerd und Lex hatten sie von weitem schon gesehen und drängelten sich nun langsam dorthin.
„Wer die wohl gemacht hat?“ fragte Gerd.
Lex riß sich von einer Flußlandschaft los. Er wußte genau, daß er an genau der Stelle am Fluß auch schon einmal gewesen war. Mit Sandra, und zwar an einem warmen Tag Ende September.
„Robert Donkers“, sagte Gerd, als sie ein paar Meter weiter waren. „Kennst du den?“
Lex zuckte die Schultern und ging zu den Porträts der Lehrerinnen und Lehrer. In den unteren rechten Ecken stand tatsächlich „Robert Donkers“. In kleiner, regelmäßiger Handschrift. Lex erschrak, als er die Schrift erkannte. Das war die Handschrift, nach der er so lange gesucht hatte und die er hier nun plötzlich mit voller Namensangabe vor sich sah.
Robert Donkers. Wer konnte das sein? Einer der Namenlosen seiner Liste?
„Moment“, sagte Gerd. „Ist das nicht der Zeichenlehrer, der neue, der junge?“
Er nickte. Natürlich, der neue Zeichenlehrer. Sie hatten keinen Unterricht bei ihm. Der leitete natürlich den Fo-

toclub. Der hatte doch bestimmt auch einen Schlüssel für die Schule. So hatten sie also in alle Klassen kommen können, ohne der Polizei Spuren zu hinterlassen.
Eines mußte er noch mit Sicherheit wissen.
„Ich muß nötig zum Klo", sagte er zu Gerd. „Ich seh dich ja gleich in der Stunde mit Leuw."
Im Sturmschritt eilte er durch die Schule und schaute auf seine Armbanduhr. Noch zehn Minuten bis zur nächsten Stunde. Vielleicht war er noch im Lehrerzimmer. Robert Donkers, der Zeichenlehrer. Er mußte es versuchen, obwohl er nicht einmal wußte, ob Donkers donnerstags unterrichtete.
Schräg gegenüber der Tür zum Lehrerzimmer stellte er sich an die Wand. Er nahm irgendein Buch aus der Tasche und tat so, als schaue er sich kurz vor Beginn noch einmal den Stoff der nächsten Stunde an. Er merkte selbst, daß das Buch in seiner Hand zitterte.
Kurz vor dem ersten Klingeln kamen schon einige Lehrer auf den Gang. Donkers als sechster oder siebenter. Sich angeregt mit Kollegen unterhaltend, strebte er seiner Klasse zu. Zwei Finger der linken Hand hielt er gestreckt nebeneinander, den Daumen hatte er gegen die Spitzen des kleinen Fingers und des Ringfingers gedrückt.
Er verzichtete darauf, hinter ihm herzugehen und darauf zu achten, ob er gewisse Schüler mit der zuschnappenden Fingerbewegung begrüßte. Er wußte genug. Langsam ging er in die andere Richtung. Er fühlte sich plötzlich todmüde.
Obwohl er wußte, daß er den eigentlich nie bei sich hatte, schaute er vor der Stunde in seine Tasche und suchte den Stundenplan. So weit er sich erinnerte, war Donkers zu Beginn des neuen Schuljahres, also im August, schon dagewesen. Also mußte er auch drinstehen.
Gerd hatte den Stundenplan auch nicht bei sich, und Sandra wollte er nicht fragen. Erst als Leuw schon mit

dem Unterricht begonnen hatte, sah er, daß der Plan auf dem Lehrertisch lag.

„Du bist wirklich alles andere als ausgelassen", sagte Jenny. „Und dann auch noch an deinem eigenen Geburtstag. Du hörst ja nicht einmal, wenn jemand dich anspricht."
„Tut mir leid", sagte er. „Ich war in Gedanken gerade woanders."
„Wo denn?" fragte seine Mutter.
„Das kann ich jetzt noch nicht sagen", antwortete er. „Wahrscheinlich morgen, hoffe ich jedenfalls."
„Sei doch nicht so ein Geheimniskrämer", stichelte Jenny, aber seine Mutter schaute ihn besorgt an.
„Was der Junge in letzter Zeit nur hat", sagte sie. „Der erzählt nie was, und zu Hause ist er auch fast nie. Manchmal höre ich ihn erst um halb zwei kommen. In den Osterferien war es so schlimm..."

Er hatte gewartet, bis Martin und Saskia nicht mehr in der Klasse waren. Da war er nach vorne gegangen.
„Darf ich mal in den Stundenplan schauen?" fragte er.
Leuw guckte ihn an, als begriffe er die Frage nicht.
„Den Stundenplan fürs ganze Jahr für die ganze Schule", erklärte er und zeigte mit dem Finger darauf.
„Oh, ja, natürlich", sagte Leuw. „Nimm nur."
Donkers, stand da, *R. W., Zeichnen, Kunstgeschichte, Visuelle Gestaltung, Thorbeckestraat 25.* Also genau neben Rudi Pennings. Wenn sie zu Rudi ins Haus gingen, konnten sie also hintenrum zu Donkers. Von dort waren die handschriftlichen Drohbriefe gekommen, die sie in seine Fahrradklingel geklemmt hatten.
In dem Moment, als er nach der Stunde mit Leuw den Stundenplan in der Hand hielt, nahm er sich vor, zur Polizei zu gehen.

Es war zehn Minuten vor zehn, als das Telefon wieder klingelte.
„So spät noch?“ meinte seine Mutter.
„Lex Verschoor“, meldete er sich.
Es war Anne. „Entschuldige, Lex“, sagte sie, „vielleicht ist es eine blöde Frage, aber ist Ines vielleicht bei dir?“
„Nein“, antwortete er. „Warum fragst du?“
Sie schien aufgeregt und nervös zu sein, ein wenig weinerlich. „Sie ist heute mittag von der Schule nicht nach Hause gekommen. Und jetzt ist sie noch nicht da. Wir haben ihre Freundinnen angerufen, aber da ist sie auch nicht. Jetzt dachte ich...“ Sie schwieg.
„Sie hat mich heute nachmittag angerufen“, sagte Lex. „Tja, wann war das? Ich war gerade erst zu Hause, das muß zwischen Viertel nach drei und halb vier gewesen sein.“
Am anderen Ende der Leitung blieb es still.
„Hat sie denn nicht zu Hause angerufen, gesagt, wo sie steckt?“ fragte er.
„Nein“, sagte Anne.
„Ich geh sie suchen“, sagte er. Als er den Hörer schon fast auf die Gabel gelegt hatte, hörte er sie seinen Namen rufen. Er reagierte nicht darauf. Dies wollte er lieber alleine machen.
„Ich muß noch weg“, sagte er.

13

Er hatte keine Ahnung, wo er anfangen sollte. Wie ein Irrer raste er zum Stadtzentrum. Jetzt mußte er sich bald entscheiden. Sie hatten stets in der Rijnstraat angefangen, vor dem Papier- und Schreibwarengeschäft von Martins Vater. Von dort aus waren sie Martin zu den anderen Adressen in der Stadt gefolgt. Aber Martin fuhr meistens zwischen acht und halb neun los, also wenn er heute abend wieder unterwegs war, war er schon lange weg. Er selbst wäre heute am liebsten in die Thorbeckestraat gefahren, um die Häuser von Pennings und Donkers im Auge zu behalten. Aber das konnte Ines noch nicht wissen.

Martin mußte schon lange weg sein. Aller Wahrscheinlichkeit nach war er zu Donkers gefahren. Dann würde er Ines dorthin geführt haben. Dort mußte er anfangen.

Ab und zu blickte er über die Schulter. Hinter ihm war keine Fahrradlampe zu sehen. Ein paarmal wurde er von Autos überholt, aber die fuhren alle ganz normal weiter und verschwanden aus seinem Gesichtsfeld. Zur Sicherheit nahm er nicht den kürzesten Weg, sondern fuhr durch ein paar stille Seitenstraßen. In der Colijnstraat hielt er an. Er behielt die Ecke im Auge, um die er soeben gebogen war. Jeder, der dort um die Ecke kam, mußte im Licht der Straßenlaterne deutlich zu erkennen sein. Es kam aber niemand.

Wenn Ines nur vorsichtig war. Die Burschen konnten gefährlich werden. Und es lag etwas in der Luft. Sie hatten

nicht umsonst angerufen, um zu kontrollieren, ob er zu Hause wäre.
Langsam fuhr er in die Thorbeckestraat. Oben bei Noyas brannte Licht im Wohnzimmer und in der Küche. Er fuhr an den Reihenhäusern vorbei, wo Donkers und Pennings wohnten. Bei Pennings saßen Vater und Mutter vor dem Fernseher, oben war es dunkel. Im Haus von Donkers regte sich überhaupt nichts. Ines konnte er nirgends entdecken, aber das war nicht verwunderlich. Wenn sie hier war und ihn in dem schwachen Licht erkannte, würde sie ihn vielleicht leise anrufen, aber zeigen durfte sie sich nicht.
Er fuhr durch die ganze Straße und hielt an der Ecke an. Dumm von ihr, allein loszugehen. Er wußte nicht mehr genau, was er ihr heute mittag gesagt hatte. Als sie anrief, war er gerade erst nach Hause gekommen, und er hatte ununterbrochen an das denken müssen, was er kurz zuvor entdeckt hatte. Hatte er ihr nicht gesagt, daß sie Martin nicht mehr zu verfolgen brauchte? Daß das nicht mehr nötig wäre? Aber er hatte ihr nicht den Grund genannt. Vielleicht glaubte sie, er gäbe auf.
Er stellte sein Fahrrad an die Wand und ging zurück. Er schaute überall nach, wo sie sich schon mal versteckt hatten. Ines war nicht zu finden. War sie Martin zu jemand anderem gefolgt? Da gab es zehn Möglichkeiten, verstreut über die ganze Stadt. Damit brauchte er gar nicht erst zu beginnen. Er überquerte die Straße und ging dicht am Haus von Donkers vorbei. Die Vorhänge waren nicht zugezogen. Nirgends brannte Licht.
Die Zeichen, die sie einander gegeben hatten. Vorgestern dreimal, gestern zweimal, heute einmal. Die Fotoausstellung mit ihrem Symbol, ganz frech riesengroß in der Aula. Der Anruf. Da mußte heute was im Gange sein. Bis jetzt hatte es immer etwas mit der Schule zu tun. Wenn er Ines finden wollte, müßte er dort suchen.

Es war unwahrscheinlich still in Westerfeld. In den meisten Häusern brannte noch Licht, aber es war niemand auf der Straße. Wie er fuhr, das würde jedem auffallen. Er mußte vorsichtiger sein, er konnte nicht einfach schnurstracks zur Schule fahren, als wäre er scharf auf ein paar späte Extrastunden.

Er stellte sein Fahrrad an den Eingang eines Wohnblokkes und ging zu Fuß weiter. An der letzten Ecke vor der Schule blieb er stehen. Vor ihm lag eine absolut menschenleere Straße, links standen Wohnblöcke mit schmalen Grünstreifen davor, rechts Reihenhäuser mit kleinen Vorgärten. Wenn bei der Schule, die er hinter der Reihe Wohnblocks wie einen riesigen Würfel erkennen konnte, jemand Posten stand, mußte er ihn kommen sehen. Einen Moment schaute er unentschlossen nach links und rechts, dann ging er den gleichen Weg zurück. Nur gut, daß er in der großen Pause öfter nach draußen ging, so kannte er wenigstens die Umgebung der Schule gut genug, um einen sichereren Weg zu finden.

Er versuchte, so flott durch die stillen Straßen zu gehen, daß ein Beobachter glauben müßte, er wolle so schnell wie möglich nach Hause und ins Bett. Er durfte nicht auffallen. An der nächsten Ecke wartete er wieder einen Moment. Von hier aus war es wohl einfacher, die Schule ungesehen zu erreichen. Hier hatte er rechts die hohen Wohnblocks mit dem Rasenstreifen davor. Hinten konnte er undeutlich den schmalen Gebüschstreifen zwischen dem Ende der Straße und der Schule sehen. Auf der anderen Straßenseite standen ein paar größere Doppelhäuser. In den meisten der ziemlich großen Vorgärten standen hohe Sträucher, von denen manche halb über den mit Betonfliesen ausgelegten Bürgersteig hingen. Zwischen der Straße und dem Bürgersteig war ein ungefähr sechs Meter breiter Grünstreifen. Alle zehn Meter standen Bäume, und dazwischen wuchsen Sträucher.

Er überquerte Straße und Grünstreifen. Hier auf dem Bürgersteig konnte er recht gut in Deckung bleiben. Die Laternen standen direkt an der Straße, so daß der Bürgersteig ziemlich im Dunklen lag. Nötigenfalls konnte er nach links in den erstbesten Garten springen oder rechts ins Gebüsch auf dem Grünstreifen tauchen. Er hatte zwar oft genug gesehen, wie Leute ihre Hunde für große und kleine Geschäftchen auf den Grünstreifen führten, aber wenn Gefahr nahte, mußte er es wagen, sich einfach hinzuwerfen.

Vorsichtig hielt er sich so dicht wie möglich an die überhängenden Büsche der Vorgärten, jederzeit bereit, sofort nach links oder rechts zu springen. Er ging langsam und schaute sich immer wieder um. Vor sich auf dem Bürgersteig konnte er niemanden sehen. Die Fenster der Schule glänzten dunkel. Im Bungalow des Hausmeisters, in der äußersten Ecke des Schulgeländes, brannte noch Licht.

Jetzt stand er genau dem Seitengiebel der Schule gegenüber, wo auch der Eingang zum Fahrradkeller war. Der Schulhof und der Haupteinang der Schule waren in der Seitenstraße. Wenn er dorthin wollte, mußte er beim Hausmeisterbungalow um die Ecke gehen. Er blieb zwischen einigen Sträuchern stehen und versuchte, sich das Schulgebäude genau vorzustellen. An der Rückseite war keine Tür, das wußte er genau; die andere Seitenmauer, wo der Parkplatz war, hatte eine Tür mit großer Glasscheibe. Dort gingen fast nur die Lehrer rein, die mit dem Auto zur Schule kamen. Der Parkplatz grenzte an die Straße, die er nicht hatte nehmen wollen, weil er sich da so ungeschützt fühlte. Das müßte anderen eigentlich auch so gehen.

Es blieben also zwei Möglichkeiten: Der Haupteingang und die breiten Metalltüren des Fahrradkellers. Wenn er auf dieser Straßenseite blieb und bis zur Ecke weiterging, konnte er beide im Auge behalten. Den Haupteingang

hatte er zwar nicht direkt im Blick, weil das Haus des Hausmeisters ihm die Sicht nahm, aber er würde jeden sehen können, der vom Schulhof kam.
Als er gerade weitergehen wollte, sah er die Scheinwerfer eines Autos, das langsam an der Vorderseite der Schule entlangfuhr und nun beim Hausmeister um die Ecke bog. Es war ein weißer Volkswagenbus mit orangefarbenen Streifen. Unter überhängenden Sträucherzweigen ging er in die Hocke und sah, daß aus der anderen Richtung ebenfalls ein Auto in die Straße einbog. Der Volkswagenbus fuhr an ihm vorbei und blieb dann stehen. Das andere Auto, ein kleiner Volvo, hielt daneben. Durch das leise Motorenbrummen konnte er nicht hören, worüber die Insassen redeten. Dann hörte er, wie ein Gang eingelegt wurde, und gleich darauf fuhren die Autos an. Der Volvo verschwand beim Haus des Hausmeisters um die Ecke.
Dumm, dachte er. Sie fahren zwar mit unauffälligen Wagen Streife, aber sie bleiben mitten auf der Straße stehen und unterhalten sich. Wenn er das sehen konnte, würde das auch jedem anderen auffallen. Er mußte noch in Deckung bleiben. Jeder gewitzte Polizist würde erst so langsam wie möglich seine Runde fahren, um lichtscheuen Figuren die Chance zu geben, sich zu verbergen, um danach noch einmal dieselbe Runde zu drehen, aber dann schneller. Der würde dann also plötzlich voll aufgeblendet um die Ecke kommen und Ausschau halten, ob da jemand aus seinem Versteck gekrochen käme.
Er wartete und lauschte. Nichts. Auch gegenüber in der Schule blieb es still.
Er stand auf und ging weiter. Er war noch keine zehn Schritt gegangen, als ihm jemand am Jackenzipfel festhielt. Blitzschnell drehte er sich um, bereit, sofort zuzuschlagen. Es war Ines, die hinter einer niedrigen Mauer unter einem Gebüsch hockte.

„Hast du hier die ganze Zeit...?“ begann er, aber sie gab ihm zu verstehen, daß er den Mund halten und zu ihr kommen sollte. Er bückte sich, stieg über das Mäuerchen und hockte sich neben sie.
Sie schlang ihm die Arme um den Nacken und drückte ihn an sich. Um nicht umzufallen, mußte er sich mit der Hand auf der Erde abstützen.
„Ich hatte solche Angst“, flüsterte sie ihm kaum hörbar ins Ohr. „Ich hörte jemanden kommen, aber ich wußte doch nicht, daß du es warst. Dann bliebst du plötzlich hier stehen, und als der Polizeiwagen kam, bist du in die Hocke gegangen. Jemand, der sich vor der Polizei versteckt, dachte ich, das ist verdächtig. Ich dachte, du wärest einer von den Typen, und daß die mich entdeckt hätten.“
„Aber was machst du hier?“ fragte er.
Sie legte ihm die Hand auf den Mund und sagte:
„Sst! Nicht so laut. Sie sind in der Schule! Und da liegt einer auf Schmiere, hier schräg gegenüber, in den niedrigen Sträuchern.“
„Woher weißt du das?“ fragte er flüsternd.
Sie ließ ihn los und schaute ihn an. Sie drängte sich dichter heran und sagte: „Ich bin so froh, daß du da bist. Sie haben etwas vor, das rieche ich. Ich hab die ganze Zeit solche Angst gehabt, daß sie mich entdecken könnten, und dann hörte ich jemanden ganz vorsichtig näherkommen, fast schleichend, und da dachte ich...“
Er fühlte, daß sie zitterte. Dann schob sie ihre Hand in seine. „Erzähl“, sagte er. „Von Anfang an. Wie bist du hierher gekommen?“
„Ich fühlte mich hundsmiserabel, als ich dich heute nachmittag angerufen hatte“, flüsterte sie. „Ich hatte gehofft, du würdest mich einladen. Ich hab ein Geschenk für dich gekauft, das hab ich noch in der Tasche, hinten auf meinem Fahrrad. Aber du hast mich nicht eingeladen, du

warst so kurzangebunden, und du hast gesagt, wir sollten die nicht mehr beobachten, und da dachte ich, siehst du, er will nichts mehr von dir wissen, er versucht, dich loszuwerden. Ich hätte heulen können."
Sie schwieg und warf sich die Haare in den Nacken.
„Ich wollte nicht nach Hause. Ich hatte Angst, Anne würde mich wieder aufziehen. Manchmal war ich so glücklich. Wenn du mir den Arm um die Schulter gelegt hast, wenn wir um irgendeine Ecke spähten. Ich hab dich einmal heimlich unterm Ohr geküßt, als wir so taten, als wären wir ein Liebespaar. Ich brauchte gar nicht so zu tun als ob. Und dann mußte ich unverhofft daran denken, wie wir damals im Eingang gestanden haben, da gegenüber von Holzmanns. Ich hab doch genau gespürt, was da mit dir los war, als ich mich so eng an dich gedrückt hab. Eigentlich war das ja blöd von mir, aber danach hab ich immer wieder gedacht, ich müßte es wieder tun. Ich möchte dich wieder so... fühlen."
Er war froh, daß es dunkel war.
„Ich liebe Sandra", sagte er leise. „Das weißt du doch."
„Ja", antwortete sie flüsternd. „Darum fühl ich mich ja so miserabel. Ich will dich haben, und das finde ich dann wieder gemein von mir. Ich hätte heulen mögen, heute nachmittag... Ich wollte alleine sein. Ich hatte vor, zu dem Hauseingang gegenüber von Holzmanns zu gehen, ich wollte mir einfach vorstellen, du wärest wieder so dicht bei mir, aber dann ging es plötzlich Schlag auf Schlag. Ich hatte erst etwas für dich gekauft, und dann bin ich im Kaufhaus nach oben gegangen, in eine der Telefonzellen neben der Cafeteria, hab dich angerufen... Als du so... so stur warst, hab ich erst einen Kaffee getrunken und bin dann wieder nach unten gegangen. Ich hatte es überhaupt nicht eilig, lief einfach so rum, blätterte in Zeitschriften, gleich neben dem Eingang an der

Thorbeckestraat. Und dann sah ich auf einmal Martin Holzmann auf dem Fahrrad vorbeikommen. Im Affenzahn. Ich bin auf die Straße gelaufen. Er kam aus der Richtung, wo Pennings wohnt, aber ich weiß nicht, ob er bei dem gewesen ist. Sonst fuhr er ja immer in die andere Richtung. Ich fand es also seltsam, daß er heute beim Kaufhaus vorbeikam. Er drehte sich dauernd um, als ob er kontrollieren wollte, ob er verfolgt würde. Ich hatte die Wut im Bauch, denn ich hatte mein Fahrrad vorne abgestellt, konnte also nicht hinter ihm her..."

Mit einem Ruck zog sie die Hand aus seinem Griff und duckte sich. Instinktiv folgte er ihrem Beispiel.

„Da kommt noch einer", flüsterte sie ihm ins Ohr.

Er sah eine dunkle Gestalt auf einem Fahrrad ohne Licht auf dem Bürgersteig am Garten des Hausmeisters vorbeifahren. Als der Radfahrer bei den Sträuchern neben der Schule angekommen war, pfiff er die ersten Töne eines Liedchens, das Lex vom Werbefernsehen kannte. Aus dem Gebüsch kamen als Antwort die nächsten Liedzeilen.

Die dunkle Gestalt lenkte ihr Fahrrad auf den schmalen Weg zwischen den Büschen, den die Schüler im Laufe der Jahre als Abkürzung freigetrampelt hatten. Hin und wieder versperrte der Gärtner den Trampelpfad mit Stacheldraht, aber der war meistens am nächsten Tag schon wieder verschwunden.

„Wo gehen sie rein?" fragte er im Flüsterton.

„Neben dem Fahrradkeller", antwortete sie. „Da ist eine schmale Eisentür. Ich weiß nicht, wo die hinführt."

„Zum Heizungskeller", sagte er. „Daran habe ich überhaupt nicht gedacht, daß da auch noch eine Tür ist."

Natürlich, durch den Keller mit dem Kesseln der Zentralheizung kam man zur Werkstatt, und da war eine Treppe, die zu einem dunklen Gang führte, und an dem lag der Filmraum. Da hatten sie sich im vergangenen Jahr

im Kunstunterricht Dias angeguckt. Die Dunkelkammer, das Hauptquartier des Fotoclubs, war direkt daneben.
Er spähte ins Dunkel und lauschte, aber er hörte die Tür nicht auf- und zugehen, und er sah auch kein Licht.
„Was meinst du, was sie vorhaben?“ fragte Ines.
Er zuckte die Schultern. Woher sollte er das wissen?
„Ich hab jetzt schon fünfzehn gezählt“, sagte sie. „Und ich weiß nicht, wie viele reingegangen sind, bevor ich hier war.“
„Seit wann bist du denn hier?“
„Ungefähr zehn Uhr. Es war schon dunkel. Ich hatte immer Angst, ich könnt ihn verlieren, denn er fuhr ohne Licht.“
„Wer?“
„Martin Holzmann.“
„Und...“
„Sst! Nicht so laut! Ich bin durchs Kaufhaus nach vorne gerannt, zu meinem Fahrrad. Nicht, weil ich ihm folgen wollte, denn das war natürlich zwecklos. Da hatten ’ne Menge Leute ihre Fahrräder an meines gelehnt. Ich hatte eigentlich überhaupt keine Lust, die alle wegzuräumen, und darum stand ich da einfach rum und guckte in die Gegend, und... naja, das hört sich vielleicht verrückt an, aber da sah ich ihn vorne am Kaufhaus vorbeifahren. Vielleicht ist er nur einmal um den Block gefahren.
Aber er drehte sich immer noch dauernd um. Zum Glück war da jede Menge Betrieb, ich brauchte mich also überhaupt nicht zu verstecken, ich konnte einfach zwischen den Leuten stehenbleiben. Vor der Ampel an der Ecke mußte er warten, und da stellte er sich so hin, daß er nur links abbiegen konnte. Ich hab’s dann riskiert, bin quer durchs Kaufhaus gerannt, zum Ausgang an der Rückseite. Ich bin nicht rausgegangen, ich hab hinter der Glastür gewartet, in der ekligen warmen Gebläseluft. Die Straßenecke konnte ich nicht sehen, aber ich lag goldrich-

tig... er kam wieder an, aber jetzt viel langsamer. Er drehte sich auch nicht mehr um, er schaute nur zu einem Zimmer oben bei Pennings rauf. Er fuhr vorbei, drehte dicht vor den Glastüren um, hinter denen ich stand, und bog dann in den schmalen Weg zwischen den beiden Blöcken von Reihenhäuser ein."

Er nickte. „Sie wollen also ganz sichergehen, heute nicht beschattet zu werden", sagte er nachdenklich. „Das hieße, daß sie die ganze Zeit, oder jedenfalls in letzter Zeit, gewußt haben, daß wir hinter Martin her waren."

Ines holte tief Luft, legte sich dann die Hand auf den offenen Mund und ging wieder in Deckung. Auf der gegenüberliegenden Seite blieb es still.

„Meinst du wirklich?" fragte sie und starrte ihn mit großen Augen an.

Er nickte. Hätten sie Martin heute wieder verfolgt, wären sie irgendwann bestimmt entdeckt worden. Doch Ines hatte ihn rein zufällig gesehen und war so vernünftig gewesen, daß sie nicht bemerkt worden war. Aber sie wußten, daß er Martin die ganze Zeit überall hin gefolgt war. Das erklärte auch die Telefonanrufe. Und was hatten sie jetzt vor? Er hätte heute nachmittag doch zur Polizei gehen sollen, Tante Gretes Besuch hin oder her.

„Was hast du danach gemacht?" fragte er.

„Gewartet", sagte sie. „Erst hab ich mein Fahrrad geholt, dann bin ich zurückgegangen und hab gehofft, daß er in der Zwischenzeit nicht abgehauen war. Und dann gewartet."

„Wo?"

Sie lachte geräuschlos.

„An einer Stelle, die wir eigentlich schon eher hätten finden müssen! Denk doch mal an die Seitenwand vom Hochhaus!"

Er schüttelte den Kopf. Er wußte nicht, was sie meinte.

„Eine Blindmauer“, sagte sie. „Vier Stockwerke hoch. Und auf jeder Etage ein kleines Fenster. Ich hatte gedacht, das wären Klofenster, aber an der Seite ist ein Treppenhaus! Ich hab ruhig auf einer Stufe gesessen und rausgeguckt.“

„Sehr schön“, sagte er, während er ihr eine Hand in den Nacken legte. Das tat ihm sofort leid, denn sie legte den Kopf zurück in seine Hand und schaute ihn mit großen Augen an.

Er mußte sich beherrschen, um nicht weitere Fragen zu stellen. Er hätte gerne gewußt, ob ihr beim Haus von Donkers etwas aufgefallen war. Er war mehr und mehr davon überzeugt, daß Donkers der Mann war, der am letzten Ferientag angerufen und nach ihm gefragt hatte. Vielleicht war er auch der schweigsame Anrufer.

„Und dann ist Martin kurz nach halb zehn weggegangen?“ fragte er.

Sie sah ihn überrascht an. „Ja, aber woher weißt du das?“

„Du hast gesagt, daß du seit ungefähr zehn Minuten hier bist.“

Sie nickte. „Mir kam es komisch vor, daß er nicht zum Abendessen nach Hause ging. Ich hab die ganze Zeit gedacht, ich warte da umsonst, der wird bei Pennings gewesen sein und ist wieder weg, als ich mein Fahrrad geholt habe. Aber dann sah ich ihn kommen. Er fuhr, als wenn er überhaupt nicht mehr damit rechnete, verfolgt zu werden. Aber er fuhr trotzdem ohne Licht.“

„Der Typ da gegenüber, lag der schon da, als Martin kam?“

„Das weiß ich nicht, denn ich hab immer so gut wie möglich Abstand gehalten. Ich sah ihn in diese Richtung gehen, und dann war er plötzlich verschwunden. Ich hab eine Weile an der Ecke gestanden, auf dieser Straßenseite, schon halb in einem Garten, und dann sah ich noch jemanden kommen. Der verschwand plötzlich im Gebüsch. Dann bin ich hierher gegangen, ganz vorsichtig, zu meinem Glück, denn gleich darauf, als der nächste kam, hörte ich zum ersten Mal das Pfeifsignal. Da hab ich erst gemerkt, daß da einer hockt und aufpaßt."

Sie schwieg einen Moment und fragte dann: „Wie spät ist es jetzt?"

Er schob den Jackenärmel hoch und sagte: „Beinah Viertel vor elf. Heute abend wird's spät."

„Dann hast du ja immer noch Geburtstag", sagte sie. Sie legte ihm den Arm um den Nacken und zog ihn an sich.

14

Er hatte das unbehagliche Gefühl, sie würden verfolgt. Hatten sie doch nicht bis zum letzten Mann gewartet? Auf dem Damenfahrrad fühlte er sich nicht recht wohl, und Ines hinten drauf war ziemlich schwer.
Er hatte sich doch hinreißen lassen. Sie hatte den Arm um seinen Nacken gelegt und ihn an sich gezogen. Sie hatte ihn auf den Mund geküßt, und er hatte das Gleichgewicht verloren, hatte sich an sie gelehnt, und dann waren sie unter die Sträucher gefallen. Sie hatte seinen Kopf gestreichelt, seinen Rücken, die Hüfte, und er hatte ihren Kuß erwidert. Ines hatte die Beine ausgestreckt und leise geseufzt. Davon waren sie so sehr erschrocken, daß sie sich sofort halb aufrappelten, gerade noch rechtzeitig, um zwei dunkle Gestalten aus dem Gebüsch bei der Schule kommen und wegfahren zu sehen. Ohne Licht fuhren sie am Bungalow des Hausmeisters vorbei und überquerten die Kreuzung.
Er warf Ines einen kurzen Blick zu. Ihre Augen glänzten und ihre Zähne schimmerten weiß. Dann sahen sie, daß wieder zwei Jungen wegfuhren, und wieder ohne Licht. Sie fuhren in die gleiche Richtung wie die ersten beiden.
Mit Pausen von jeweils ungefähr zwei Minuten kamen achtzehn Jungen aus der Schule, immer zwei zugleich.
Jungen, dachte er. Es könnten auch Mädchen sein, das war doch bei dem Licht gar nicht zu erkennen. Er fragte sich, ob Donkers wohl dabei war. Sie hatten etwas vor, sie fuhren zielstrebig irgendwo hin, und sie wollten nicht

als größere Gruppe durch die Stadt fahren, das wäre zu auffällig.
Nach der siebzehnten und achtzehnten Gestalt kam niemand mehr. Waren alle weg? Für einen Augenblick geriet er in Panik. Er schaute nach links und meinte, die letzten beiden noch unter der Laterne sehen zu können. Wenn Ines und er nicht hinterherfuhren, würden sie sie verlieren, dann wäre alle Mühe umsonst gewesen. Aber sein Fahrrad war zu weit weg, das stand in der entgegengesetzten Richtung.
„Wo ist dein Fahrrad?" fragte er Ines.
„Ganz in der Nähe", antwortete sie.

Er fuhr so schnell wie möglich. Er mußte so dicht herankommen, daß er sie noch sehen konnte, aber er wurde das Gefühl nicht los, verfolgt zu werden. Er hörte nichts, er hatte sich schon ein paarmal flüchtig umgeschaut, in der stillen, nachtdunklen Straße nichts erkennen können, aber trotzdem...
„Paß du gut hinter uns auf", sagte er keuchend aber leise zu Ines. „Wir müssen sicher sein, daß uns nicht noch einige auf den Fersen sind."
Er könnte sich leicht Sicherheit verschaffen. Er bräuchte nur in eine Seitenstraße einzubiegen und gleich an der Ecke stehenzubleiben, dann wüßte er sehr bald, ob jemand hinter ihnen her war, aber dann würde er die anderen vor ihnen nicht mehr einholen können.
„Ich seh überhaupt nichts", sagte Ines hinter ihm.
Er guckte stur geradeaus. Hin und wieder meinte er, zwei Radfahrer ohne Licht erkennen zu können. Wenn er noch ein bißchen näher herankäme, könnte er genauer sehen, ob sie es tatsächlich waren. Wie es schien, fuhren sie auf dem kürzesten Weg zum Zentrum.
Ganz kurz dachte er daran, daß sie natürlich ebensogut darauf achten konnten, ob ihnen jemand folgte. Sie

konnten es sich sogar erlauben, denn sie wußten ja genau, wohin sie wollten. Und ob sie ein paar Minuten früher oder später ankämen ... Aber er mußte es einfach riskieren, vielleicht waren sie ihrer Sache so sicher, daß es sie gar nicht interessierte, ob er nach dem Anruf noch einmal aus dem Haus gegangen war.
In der Nähe des Zentrums wurde es heller und belebter. Plötzlich sah er die Rücklichter von zwei Fahrrädern vor sich aufleuchten. Natürlich, hier mußte man jederzeit mit Polizei rechnen, und wenn die White-Power-Typen tatsächlich etwas im Schilde führten, durften sie nicht auffallen. Das galt auch für ihn. Wenn er jetzt angehalten wurde, würde er sie nie mehr einholen können. Mit dem Fuß versuchte er, den Dynamo an den Vorderreifen schnappen zu lassen. Als das nicht klappte, beugte er sich vornüber und machte es mit der Hand.
Jetzt konnte er die beiden da vorn besser sehen. Wenn sie unter eine Laterne kamen, glänzten ihre Rücken. Wahrscheinlich hatten sie dunkle Nylonjacken an. Das hatte Sandra ja damals auch gesagt. Ob sie auch die weichen Armeestiefel trugen?
„Ist immer noch niemand hinter uns?" fragte er.
„Nein", sagte Ines leise, und kurz darauf: „Lex, ich hab Angst!"
„Vielleicht ist es besser, du bleibst hier", sagte er. „Ich weiß auch nicht, wo wir landen."
„Nein, ich will bei dir bleiben."
Er konnte gerade noch abbremsen und in eine Seitenstraße einbiegen. Die beiden Radfahrer vor ihnen waren plötzlich langsamer geworden und zum Fahrradständer vor dem neuen Einkaufszentrum gefahren. Da standen eine Menge Fahrräder. Das sind mehr als zwanzig, dachte Lex.
Er hielt an und stemmte den Fuß auf die Erde. Ines stieg ab, kam zu ihm und legte ihm den Arm um die Hüfte.

Verdammt, dachte er, ich hätte sie nicht küssen sollen. Zwei warme, weiche Lippen, zwei Mädchenhände am Körper, und das reicht schon, daß ich mitmache. Jetzt denkt sie sicher, ich wäre verliebt in sie.
„Wir lassen dein Fahrrad hier stehen“, sagte er. „Sie sind beim neuen Einkaufszentrum abgestiegen. Da können wir nicht mit dem Rad hin.“
Ines legte die Schultasche, die sie die ganze Zeit auf dem Schoß gehalten hatte, auf den Gepäckträger, überlegte es sich dann aber anders und hing sie sich über die Schulter. Sie schloß das Fahrrad ab und steckte den Schlüssel in die Hosentasche. Er nahm ihre Hand und zog sie weiter in die Seitenstraße hinein. Sie überquerten die Straße. Sich dicht an die Häuser haltend, begannen sie zu laufen. An der Ecke blieben sie stehen. Vorsichtig spähte er in die kurze, schmale Straße vor ihnen, die aber still und verlassen dalag.
Sie führte in die Fußgängerzone und direkt zum Haupteingang des neuen, überdachten Einkaufszentrums.
Auch in der Fußgängerzone war niemand zu sehen. Wo konnten sie geblieben sein? Er ließ seinen Blick suchend von links nach rechts durch die breite Straße wandern. Die Geschäfte hatten große Vordächer, manche Schaufenster waren noch erleuchtet, die meisten indirekt mit leichtem Schummerlicht. Mitten auf der Straße standen kleine, fast nur aus Glas gebaute Ladenpavillons, ein Zeitungskiosk, ein Schuhreparatur-Schnelldienst, ein Tabakwarenlädchen, eine Teestube. Alle waren dunkel. In unregelmäßigen Abständen standen links und rechts große sechseckige Pflanzenkübel. In den meisten wuchsen mehr als mannshohe Kiefern, dazwischen niedrige, blühende Pflanzen. Sie mußten versuchen, dichter an das Einkaufszentrum heranzukommen. Wenn die Typen ihre Fahrräder vor dem Zentrum abgestellt hatten, mußten sie hier irgendwo etwas vorhaben. Wo konnten sie sein? Die

Straße war durch die modernen Laternen, große, weiße, in Metallringen hängende Kunststoffkugeln, ziemlich gut erleuchtet.
„Wir müssen in die Richtung“, flüsterte er. „Bleibst du hier? Das ist sicherer für dich.“
„Nein“, sagte Ines, „ich geh mit.“
„Dann komm“, sagte er und zog sie in schnellem Sprint zum Zeitungskiosk hinter sich her.
„Guck du an der Seite, ob was zu sehen ist, ich hier“, sagte er. Nirgends bewegte sich etwas.
Er ging zu Ines. „Hör zu“, sagte er leise, „bei der Beleuchtung sind wir ganz leicht zu sehen. Wenn sie hier in der Straße sind, müssen sie uns kommen sehen. Vielleicht verraten sie sich durch eine Bewegung. Ich renne, so schnell ich kann, zum nächsten Lädchen. Du bleibst hier stehen und hältst Ausschau, und wenn du was siehst, rufst du. Dann komm ich zurück, und wir hauen ab. Wir sind nur zu zweit. Es hat doch keinen Zweck, wenn wir uns von der ganzen Bande zusammenschlagen lassen. Beim Lädchen stell ich mich dann an die andere Ecke, von da aus kann ich die ganze Straße einsehen, und wenn die Luft rein ist, kommst du nach. Aber nicht eher. Verstanden?“
Sie nickte, und er sprintete zum nächsten Pavillon. Ines rief ihn nicht zurück, und als sie gleich darauf zu ihm kam, sah er immer noch nichts Verdächtiges. Also arbeiteten sie sich nach der gleichen Methode an das Tabakwarenlädchen heran. Er spähte erst links, dann rechts um die Ecke.
„Wenn wir uns hinter der Teestube verstecken, können wir nur von der einen Ecke aus etwas sehen“, sagte er. „Das reicht mir nicht. Ich geh zu dem Pflanzenkübel da links, von da aus muß ich mindestens den Eingang sehen können und die Fahrradständer, und vielleicht sogar noch ein Stückchen weiter. Und du?“

„Ich komm nach“, flüsterte sie. Sie zitterte ein wenig. Über die Betonplatten der Fußgängerzone lief er gebückt zum Pflanzenkübel, wo er sich zwischen die Pflanzen fallen ließ. Er kroch ein bißchen weiter, so daß er halb hinter einer Kiefer lag. Von hier aus hatte er tatsächlich einen guten Überblick, er sah den Eingang des Einkaufszentrums und daneben die Fahrradständer. Da standen mindestens dreißig Fahrräder. Gehörten die alle Leuten von White Power? Ines kam angekrochen. Er hatte sie nicht einmal kommen hören. Sie legte sich auf die Seite, schmiegte sich an ihn, legte ihm einen Arm um die Schulter und küßte seinen Nacken.

Die Schaufenster waren dunkel, aber irgendwo in der Mitte des großen Zentrums mit all den kleinen Läden am Mittelgang war soviel Licht, daß man von draußen sofort sehen konnte, wenn jemand sich drinnen zu schaffen machte. In den meisten Wohnungen über dem Haupteingang brannte kein Licht mehr. Hinter den großen Fenstern des Treppenhauses links und rechts vom Eingang konnte er die rosa Lämpchen der Lichtschalter erkennen. Die drei Etagen des Parkhauses hinter den Wohnungen waren stockdunkel.

Er schaute auf die Armbanduhr. Drei Minuten vor zwölf. Plötzlich fühlte er sich todmüde. Hatten sie ihn auf eine falsche Fährte gelockt? Waren das überhaupt ihre Fahrräder, die da standen? Waren nur die letzten beiden hierher gefahren, um Ines und ihn in diese verlassene Gegend zu locken, so daß sie selbst in einem ganz anderen Viertel ungestört zu Werke gehen konnten?

Bis halb eins wollte er noch hierbleiben, nicht länger. Schlafen, das mußte herrlich sein. Schlafen nach einem Geburtstag ohne Sandra und mit einem Mädchen, das er unglaublich nett fand, mehr aber auch nicht. Wie gern hätte er jetzt den Kopf auf die Arme gelegt und die Augen geschlossen. Doch bis halb eins wollte er noch aushalten.

Dicht an seinem Ohr atmete Ines. Er fühlte ihre Brust an seinem Oberarm. Sie war so anders als Sandra, die immer so lange reserviert blieb, Sandra, die so spontan reagieren konnte, wenn sie einem vertraute, Sandra, die ihm mit fast wilder Gebärde die Arme um den Nacken legte, wenn sie ihn küssen wollte, die aber auch immer ein bißchen Angst hatte, sie könnte ihm zu dick sein, Sandra, die ihm so feste ins Bein gebissen hatte, Sandra, die sagte, er paßte besser zu einem weißen Mädchen wie Anne zum Beispiel.
Hier lag er nun in einem Pflanzenkübel, mit Annes Schwester, einem Mädchen, das verdammt genau wußte, wie hübsch und attraktiv es war, und damit auch umzugehen wußte, einem Mädchen, das sich Mühe gab, ihn zu gewinnen. Ines war ein prima Kamerad, hübscher als ihre ältere Schwester, und sie hatte ihm angemerkt, daß ihn ihr Körper alles andere als kalt ließ. Aber sie sollte nicht denken, daß er...
Sollte er ihr das sagen?
Irgend etwas ging da vor. Irgend etwas war verändert. Langsam drehte er den Kopf nach links und nach rechts, wobei er Ines sanft ein wenig von sich schob. Das Licht im Treppenhaus rechts vom Eingang war angegangen, aber er konnte niemand hinter dem Glasgiebel sehen. Dann wurde in der sechsten Etage eine Tür geöffnet. Natürlich, es waren Galerien, die hier ins Treppenhaus mündeten.
Auf dem Laubengang sah er vier Leute seines Alters. Voran ging ein langer, schwarzer Junge, dahinter Sandra, klein und den ganzen Kopf voller Löckchen. Ihr folgten Robbi und ein Molukker. Wie hatte Sandra den genannt? Was machten sie hier mitten in der Nacht? Das konnte doch kein Zufall sein?
Edwin ging zum Fahrstuhl und drückte auf den Knopf neben der Tür. Sich ruhig unterhaltend, standen sie da

oben und warteten. Die Fahrstuhltür ging auf, er sah sie einsteigen, dann ging die Tür wieder zu.
Anhand der Lämpchen, die in jeder Etage über der Fahrstuhltür aufleuchteten, konnte er den Fahrstuhl bis nach unten verfolgen. Dort sah er sie aussteigen. In der gleichen Reihenfolge, erst Edwin, dann Sandra, dann Robbi und dann der Molukker. War es Bram? Die Tür des Fahrstuhls schloß sich wieder... und dann war plötzlich überall Bewegung. Aus der Halle hinter der Treppe kamen vier Figuren in dunkelgrünen, glänzenden Jacken und blauen Jeans. Sie hatten olivgrüne Mützen auf, die sie sich ganz vors Gesicht gezogen hatten. Für die Augen hatten sie kleine Löcher hineingeschnitten. Er sah Sandra schnell zur Außentür laufen, aber als sie die geöffnet hatte, kamen von beiden Seiten Jungen in den gleichen grünen Jacken angerannt. Sie stießen die Tür weiter auf.
„Nein!" hörte er sich selbst schreien. „Sandra, nein!"
Dann war er auch schon auf dem Weg zum hellerleuchteten Treppenhaus.
Da wurde gekämpft. Er sah, wie die Tür der ersten Etage aufgerissen wurde und Jungen in großen Sätzen die Treppe herunter kamen.
Dicht hinter sich hörte er jemanden laufen. Ines sollte sich hier raushalten!
„Geh zurück!" rief er.
An der Tür traf er auf einen mit Wollmütze vor dem Gesicht, der ihn aufzuhalten versuchte. Er rannte ihn einfach um und stürzte sich auf die erstbeste grüne Jacke, die er vor sich sah.

15

Da war eine Hand, eine warme Hand, die sich immer wieder auf seine Stirn legte, dort ein Weilchen liegenblieb, dann langsam über seine Haare bis in den Nacken glitt.
Da war auch eine Stimme, eine Stimme, die er kannte. Eine Stimme, die ihn rief, von ganz weit weg, leise, fast flehend:
„Lex!"
Er versuchte, sich aufzurichten, der Hand und der Stimme entgegen. Es war wie im Schwimmbad, wenn er tief getaucht hatte und an die Oberfläche wollte, um die verbrauchte Luft auszuatmen und mit schnellem, tiefem Zug die Lungen mit frischer Luft zu füllen. Aber er konnte nicht an die Oberfläche kommen, immer wieder versank er in etwas Großem und Schwarzem, einem unbegrenzten, dunklen Raum. Bis er die Stimme wieder hörte:
„Lex!"
Und da waren Schmerzen. Stechende Schmerzen. Je dichter er an die Oberfläche kam, desto schlimmer wurden die Schmerzen. Wenn er die Oberfläche erreichte, mußten die Schmerzen unerträglich werden. Dennoch wollte er zu der Stimme, das war wichtig.

Schmerzen, das war alles, was er denken konnte. Schmerzen. Alles tat weh, aber am schlimmsten waren die Schmerzen in der Brust, auf der rechten Seite.
Er lag unbequem, er versuchte, sich anders hinzulegen, aber das gelang nicht, und sofort durchzuckten von der Brust aus wieder Schmerzen den ganzen Körper.

Er atmete kurz und schnell, er war müde, schrecklich müde. Er mußte ruhiger atmen, seine Schwimmerlungen ganz füllen und dann langsam und ruhig ausatmen. Tief einatmen tat weh.

Durst. Er wollte etwas trinken. Er mußte durch die Nase atmen, nicht durch den Mund. Davon wurde die Kehle so trocken.
Warum hatte er solche Schmerzen?
Er öffnete die Augen.
Eine hellgrüne Decke. Wo war er? Er drehte den Kopf ein wenig nach links. Das tat weh, im Hinterkopf und im Nacken. Ein hoher Metallschrank und eine Tür, und daneben ein kurzer Gang. Wo war er? Wie war er hierhergekommen? Er lag in einem Bett und jemand hatte ihn gerufen:
„Lex!"
War jemand hier?
Er drehte den Kopf zur anderen Seite. Ein Gestell, eine senkrecht stehende, glänzende Metallstange, daran eine kurze Querstange mit einem Haken, und daran eine Flasche mit Flüssigkeit, farblos wie Wasser. Von der Flasche lief ein durchsichtiger Plastikschlauch nach unten.
Er wollte den Kopf heben, um sich die Apparatur anzusehen, aber das tat so weh, daß er es aufgab. Der Schlauch schien an seinem Arm befestigt zu sein. Wenn er den Arm hob, konnte er das sehen. Sein rechtes Handgelenk war am Bettgestell festgebunden.

Er hatte niemanden kommen hören. Er schrak auf, weil sich dicht neben ihm etwas bewegte. Er öffnete die Augen und sah eine Schwester, die eine neue Flasche an den Haken hing.
„Sie haben mich gerufen", sagte er. „Ich hab's gehört."
Sie drehte sich zu ihm um. „So, bist du endlich wach?"

Sehr freundlich hörte sich das nicht an. Sie war nicht mehr so jung, ihr kurzes Haar war grau, die Mundwinkel hatte sie etwas heruntergezogen.
„Ich hab Durst“, sagte er.
Sie befestigte den Schlauch an der Flasche und ging zum Gang neben der Tür.
„Ich bin gleich wieder da“, sagte sie über die Schulter. Dann hörte er das saugende Geräusch einer selbstschließenden Tür.
Sie kam zurück mit einem Mann in weißem Kittel. Sie blieb am Fußende des Bettes stehen, während der Mann zu ihm kam, sein linkes Handgelenk nahm und sich über ihn beugte.
„Tersteeg“, sagte er. „Chirurg. Schau auf meinen Finger.“
Er bewegte den hochgehaltenen Zeigefinger hin und her. Mit seinem Blick folgte Lex dem Finger. Der Arzt zog ihm das Augenlid hoch und schaute in seine Augen. Er nickte. Er schien zufrieden zu sein.
„Was ist denn passiert?“ fragte Lex.
Der Arzt stand am Bett und schaute auf ihn herab.
„Du hast dich geschlagen“, sagte er. „Aber das weißt du ja wohl selbst. In deinem Blut war jedenfalls kaum Alkohol festzustellen. Du bist hier bewußtlos eingeliefert worden. Wir vermuten, daß du hingefallen und dann getreten worden bist. Du hast drei gebrochene Rippen. Von einer ist ein Stück in deine rechte Lunge gedrungen. Ich hab dich heut nacht sofort operiert.“
Lex schloß die Augen. Er war so müde. Schlägerei. Operiert.
„Hörst du mich noch?“ fragte der Arzt.
„Schlägerei“, sagte Lex. „Schlägerei.“
Er mußte wach bleiben. Er blinzelte.
„Bin ich der einzige… der einzige Verletzte? Sind auch andere…?“

„Nein. Ist das nicht schon schlimm genug?“ fragte die Schwester vom Fußende des Bettes. „Die Polizei ist heute abend schon zweimal hiergewesen. Die dachte, du müßtest so langsam wieder bei Bewußtsein sein. Die will einiges von dir wissen. Wird wohl wieder was Schönes sein...“

„Heute abend?“ fragte er. „Wie spät ist es?“

Der Arzt schaute auf die Armbanduhr.

„Halb zwölf“, sagte er. „Fünf vor halb zwölf. Ich werde deine Mutter anrufen und ihr sagen, daß du aufgewacht bist. Ich habe sie heute nachmittag nach Hause geschickt. Jetzt kann sie ja nicht mehr kommen, aber morgen, da wird sie dich besuchen können.“

Seine Mutter. Ja. Hatte sie ihn gerufen? Hatte sie ihm die Hand auf den Kopf gelegt?

„Ist noch...“, fragte er, „ist sonst noch jemand hiergewesen, wegen mir?“

Der Arzt schaute die Schwester an, die nickte.

„Ja, ein Mädchen, ein braunes Mädchen mit großem Lockenkopf.“

Sandra war also hiergewesen. Auf dem Rücken liegend starrte er zur schwach beleuchteten Decke. Hinter den Gardinen, rechts von ihm, wurde es langsam hell.

Als der Arzt gegangen war, hatte die Schwester ihm zu trinken gegeben, aus einer Schnabeltasse. Dann war er wieder in Schlaf gefallen. Ein paarmal war er halb wach geworden, und jedesmal erinnerte er sich sofort daran. Die Schwester hatte gesagt, ein braunes Mädchen wäre dagewesen, mit großem Lockenkopf. Sandra war also hiergewesen. Das war die Stimme, die ihn gerufen hatte. Sie hatte an seinem Bett gesessen und versucht, seine Bewußtlosigkeit zu überwinden. Hatte sie ihm die Hand auf den Kopf gelegt, oder hatte er sich das alles nur eingebildet? Er wußte es nicht mehr.

Es war nun schon heller. Durch einen Spalt in der Gardine fiel ein schmaler Streifen Sonnenlicht ins Zimmer. Irgendwelche Geräusche hatten ihn geweckt. War die Schwester hiergewesen? Er wußte nicht, wie spät es war. Automatisch hatte er ein paarmal auf sein linkes Handgelenk geblickt, aber sie hatten ihm die Armbanduhr abgenommen. Wenn die Schwester kam, würde er sie fragen, ob er die Uhr wiederhaben könnte.

Er hatte Schmerzen in der Brust. Wenn er nicht daran dachte und tief Luft holte, fühlte er Stiche, die durch den ganzen Körper schossen. Einmal hatte er husten müssen, und da war ihm, als hätte ihm jemand scharfe Messer in die Rippen gestoßen.
Gebrochene Rippen, eine Lungenverletzung. Würde die wieder in Ordnung kommen?
Die Mistkerle!
Aber es war auch seine Schuld. Wenn nicht anders, dann eben mit Gewalt, hatte er damals zu Sandra gesagt, an jenem Tag vor den Osterferien auf dem Schulhof. Er hatte sich hineingestürzt, ohne dabei nachzudenken. Er hätte wissen müssen, daß sie ihn nicht mit Samthandschuhen anfassen würden.

Er hatte sich mit ihnen geschlagen. Von seinem Versteck hinter der Kiefer aus hatte er die vier Typen drohend hinter der Treppe hervorkommen sehen. Mit ihren Mützen, die sie sich ganz übers Gesicht gezogen hatten, sahen sie furchterregend aus. Wie gelähmt hatte er dagelegen und hinübergestarrt. Er hatte wohl den Atem angehalten, denn plötzlich war ihm aufgefallen, daß Ines neben ihm mit offenem Mund keuchte, als könnte sie die Spannung nicht länger ertragen.
Ines!
Was war mit Ines? Als er zum Treppenhaus rannte, hatte

er sie dicht hinter sich gehört. War sie hinter ihm hineingestürmt? Er hatte sie dort nicht mehr gesehen.
Hatte der Arzt eigentlich geantwortet, als er heute nacht fragte, ob außer ihm noch jemand ins Krankenhaus eingeliefert worden wäre?
Es war Viertel vor acht. Ein Krankenpfleger nahm seine Armbanduhr aus der Schublade des Nachtschränkchens rechts neben seinem Bett und gab sie ihm. Der Junge konnte nicht viel älter als er sein. Er wusch ihn ein bißchen, die Handgelenke, den Nacken, und mit einem feuchten Tuch das Gesicht.
Zu essen bekam er nur ein wenig dünnen Brei, den er aus einer Schnabeltasse trinken mußte.

Er war erst aufgesprungen als er sah, daß Sandra die große Glastür aufmachen wollte, während gerade eine Menge der White-Power-Typen angerannt kamen.
„Nein!" hatte er geschrien und war gerannt, so schnell er konnte, aber die Kerle in den dunkelgrünen Jacken waren viel zu nahe dran, die waren eher drinnen als er, und sie hatten um Sandra und die drei Jungen einen dichten Ring gebildet. Er hatte Edwins herumschwingende Arme gesehen und die vielen dunkelgrünen Nylonarme, die Sandra und ihre Freunde schlugen und stießen.
An der Tür hatte er einen umgerannt und dann einen der White-Power-Kerle von hinten angesprungen, er hatte ihm die Wollmütze vom Kopf gerissen, und das hatte er auch mit dem gemacht, der daneben stand.
Einem der Jungen war er auf den Rücken gesprungen, hatte sich mit den Beinen an ihn festgeklammert und ihm den linken Arm unters Kinn gedrückt. Mit der rechten Faust hatte er sich die anderen vom Leibe gehalten. Er hatte Peter Borgers, dessen Mütze er auf den Boden geworfen hatte, zurücktaumeln sehen, als er ihn mit der Faust voll im Gesicht erwischt hatte. Dann hatte er den

Kopf des Jungen, auf dem er saß, hochgedrückt. Er wollte sehen, wer es war.
Das hätte er nicht tun sollen. In dem Moment, als sich die Eingangshalle plötzlich mit schwarzhaarigen Jungen und einigen Mädchen füllte, Türken, Surinamer, Molukker, hatte Louis van Drooge ihn nicht mehr halten können. Gemeinsam waren sie hintenüber gefallen.

Seine Mutter saß an seinem Bett und schluchzte unterdrückt. „Eine ordinäre Schlägerei!" sagte sie, während sie ihr feuchtes Taschentuch in der Handfläche zusammenpreßte. „Nichts als eine ordinäre Schlägerei! Mußtest du deswegen jeden Abend in die Stadt? Ich hatte schon die ganze Zeit solche Angst, daß du was anstellen würdest. Davor hab ich immer Angst gehabt, seit... ja, seit Vater nicht mehr lebt."
Umständlich versuchte er, ihr zu erklären, daß alles ganz anders war, als sie dachte. Es war nicht irgendeine Schlägerei, es ging um Sandra.
„Ja", sagte sie, „ich habe von der Polizei gehört, daß da eine ganze Menge solcher Leute war. Ich wollte es erst nicht glauben, ich hielt sie für ein liebes Mädchen, aber Jenny hat es damals gleich gesagt, mit solchen Leuten soll man sich lieber nicht zu sehr einlassen, man weiß nie, was draus wird."
Da weigerte er sich, überhaupt noch mit ihr darüber zu reden.

Die beiden Männer saßen auf Stühlen am Fußende seines Bettes. Wie lange saßen sie da schon?
Es mußten Polizisten sein, obwohl sie keine Uniform trugen.
„Haben Sie sie erwischt?" fragte er.
Die Männer schauten auf. Sie sahen sich kurz an, dann stand einer auf und trat neben das Bett.

„Geht's wieder ein bißchen?“ fragte er.
Lex wollte nicken, aber daran hinderten ihn Schmerzen im Nacken. „Ja“, sagte er leise. „Was ist mit den anderen?“
Der zweite Polizist stellte sich ans Fußende.
„Ich heiße König“, sagte der Mann neben dem Bett. „Das ist mein Kollege, Herr Troost. Wir müssen dir ein paar Fragen stellen. Meinst du, es geht?“
„Ja“, antwortete er, „aber was ist mit den anderen?“
„Wer sind die anderen?“ fragte Herr Troost.
„Sandra“, sagte er. „Und Robbi, Edwin, Bram. Und Ines.“
„Blaue Flecken“, sagte Herr König. „Schürfwunden, nichts Ernstes. Du bist der einzige, den sie richtig in der Mangel gehabt haben. Warum hatten sie es ausgerechnet auf dich abgesehen?“
„Vielleicht wußten sie, daß ich so viel rausgekriegt habe“, sagte er langsam. Es kostete ihn Mühe, sich zu konzentrieren.
„Was hast du denn alles rausgekriegt?“ fragte Troost.
„Sie gaben sich Zeichen“, antwortete Lex. „Geheime Zeichen, mit der linken Hand. In der Schule. Wenn sie sich begegnet sind.“ Die beiden Polizisten schauten sich an. Troost zuckte die Schultern.
„Wer?“ fragte König. „Wer gab sich geheime Zeichen?“
„Martin“, antwortete Lex. „Und die anderen.“
„Martin?“ fragte Troost. „Ist das Martin Holzmann?“
„Ja.“
„Und die anderen?“ fragte Troost weiter. „Louis van Drooge, Rudi Pennings... und...“ Er nahm einen Zettel aus der Tasche und las die Namen der Jungen vor, die in der Kantine immer am Ecktisch saßen.
„White Power“, sagte Lex erschöpft.
„Hör zu“, sagte Troost. „Van Drooge, Holzmann, Pen-

nings, Borgers, Meulendijk und Krot, die sechs haben wir. Sie wollen die Namen ihrer Freunde nicht nennen. Die anderen Namen haben wir von dem Mädchen, van Klaveren heißt sie, bekommen."
„Ines", sagte Lex.
„Ja", meinte Troost. „Sie sagt, ihr hättet die zwölf schon eine ganze Weile beobachtet."
„Der Fotoclub", sagte Lex.
König beugte sich über ihn, so daß Lex sein Gesicht dicht vor sich hatte.
„Augenzeugen sagen, daß vorgestern abend mindestens zwanzig Jungen in dunkelgrünen Jacken und mit Wollmützen dabei waren. Kennst du deren Namen?"
„Kann ich so nicht sagen", antwortete Lex. „Zu Hause habe ich eine Liste. Da stehen mehr als siebzig drauf."
„Wir haben auch eine Liste bekommen", sagte Troost. „Mit zweiundzwanzig Namen. Dieselben zwölf, und zehn andere."
„Steht Donkers auch drauf?" fragte Lex.
„Wer?" fragte Troost, während er einen anderen Zettel hervorholte.
„Donkers. Robert Donkers, ein Zeichenlehrer von unserer Schule. Der leitet den Fotoclub. Und der ist auch der Führer von White Power."
„Weißt du das genau?" fragte König. „Ganz genau?"
„Was denn sonst?" meinte Lex.

16

Sie war da. Endlich war sie gekommen. Den ganzen Tag hatte er schon auf sie gewartet. Nach dem Besuch von Troost und König hatte er sehr unruhig geschlafen. Immer wieder war er aufgewacht, und jedesmal hatte er sich im Zimmer umgeschaut, aber es war niemand da.
Ein Arzt hatte ihn besucht, ein anderer. Der hatte seinen Puls gefühlt und etwas Unverständliches zu einer Schwester gesagt. Dann hatte er gefragt, ob die Schmerzen auszuhalten wären. Wenn's zu schlimm würde, sollte er's der Schwester sagen. Aber er wollte keine Tabletten, er fühlte sich schon benommen genug.
Erst am frühen Vormittag drang es zu ihm durch, daß heute Samstag war. Donnerstag hatte er Geburtstag gehabt. Abends war dann die Schlägerei gewesen. Gestern war er den ganzen Tag bewußtlos gewesen, erst gegen Abend war er zu sich gekommen.
Heute war Samstag. Sandra war also den ganzen Tag zur Aushilfe im Kaufhaus, erst um halb sechs würde sie durch den Hinterausgang herauskommen.
Er war wieder eingeschlafen und erst aufgewacht, als Ines sich über ihn beugte.
„Hallo", sagte sie leise. „Wie geht's denn?"
„Ach, so lala", sagte er. „Ziemliche Schmerzen."
„Ja, das sagte deine Mutter schon."
Sie nahm sich einen Stuhl und setzte sich an sein Bett. Sie legte ihre Hand auf seine und saß eine ganze Weile da und schaute ihn an.
„Ich hab deine Mutter angerufen", sagte sie dann. „Ge-

stern schon, und heute wieder. Sie sagt, du hättest gebrochene Rippen, und ein Stückchen von einer Rippe ist in die Lunge gedrungen. Daß sie dich operiert haben. Ist es schlimm?"

„Das weiß ich nicht", sagte er. „Ich weiß nur, daß es verflucht weh tut."

„Du hast dich aber auch wie ein Wilder da reingestürzt", sagte sie. „Ich hab dich noch gerufen, aber du hast mich ja nicht einmal mehr gehört."

„Nein", sagte er. „Was hast du denn gemacht? Ich hab dich dicht hinter mir gehört, aber nachher hab ich dich überhaupt nicht mehr gesehen."

Sie schaute ihn kurz überrascht an.

„Das war ich nicht", sagte sie. „Das waren Freunde von Sandra. Als du plötzlich aufgesprungen und losgerannt bist, hörte ich sie ankommen. Sie kamen aus irgendeinem Versteck hinter uns. Sie liefen unheimlich schnell. Erst dachte ich, sie gehörten zu den anderen und wollten dich einholen, aber du warst noch viel schneller. Ich sah, wie du dich blind in die Prügelei gestürzt hast. Erst warst du irgendwie oben und dann auf einmal verschwunden."

Dicht über seiner Armbanduhr streichelte sie sanft seinen Unterarm.

„Ich hatte solche Angst", sagte sie. „Die Eingangshalle war plötzlich so voll. Ich sah den langen schwarzen Jungen wild um sich schlagen, mit dem Rücken stand er ziemlich dicht an der Fahrstuhltür. Um ihn herum all die widerlichen Typen mit den Wollmützen, und dann kamen immer mehr dunkelhäutige Jungen. Sie kamen die Treppe runter und durch die Passage, wo wir die ganze Zeit gelegen haben. Alles prügelte sich. Ich hatte solche Angst, du könntest in dem Durcheinander ganz unten liegen."

„Was hast du denn gemacht?"

„Ich wollte Hilfe holen. Ich bin zum Bürgermeister Verkadesingel gelaufen. Ich dachte, da würde vielleicht ein Polizeiwagen vorbeikommen, aber da kam die Polizei auch schon an. Mit zwei Wagen. Leute aus dem Wohnblock hatten angerufen, daß da eine Schlägerei sei. Als die Polizei zur Eingangshalle kam, waren die meisten der White-Power-Kerle schon verschwunden. Sie sind in alle Richtungen davongelaufen. Die Schwarzen versuchten noch, sie einzuholen. Nur in der Eingangshalle hatten sie fünf von ihnen festgehalten."

„Sechs", sagte er. „Die Polizei hat sechs."

„Ja, das ist auch möglich", sagte sie leise. „Ich hab die ganze Zeit nur dich anschauen können. Du hast auf dem Boden gelegen und schrecklich ausgesehen. Sandra lag auf den Knien neben dir. Sie heulte und rief immer wieder deinen Namen, und sie sagte ständig, daß alles ihre Schuld wäre."

Sie schwieg. Er schaute sie an. Sie hatte dunkle Ränder unter den Augen. Sie versuchte zu lächeln.

„Sandra ist mit dir im Krankenwagen gefahren", sagte sie. „Dann..." Sie schüttelte den Kopf. „Ich mußte mit zur Wache, der große schwarze Junge auch, und auch ein Bruder von Sandra. Sie wollten alles wissen. Und da habe ich erzählt, wie wir Martin Holzmann die ganze Zeit beobachtet haben und bei wem er alles gewesen ist und auch, daß sie abends erst alle in eurer Schule gewesen sind."

„Was haben deine Eltern denn gesagt?" fragte er. „Waren die nicht schrecklich in Sorge?"

Sie nickte.

„Ja. Die Polizei hat erst angerufen, als ich auf der Wache war. Und später haben sie mich nach Hause gebracht und alles erklärt."

In dem Moment kam König rein. Nach flüchtigem Anklopfen kam er herein und stellte sich hinter Ines.

„So, du hast ja schon wieder einen viel klareren Blick",

sagte er zu Lex. „Heute morgen warst du noch ziemlich groggy."
Er legte Ines die Hand auf die Schulter. Dann sagte er: „Donkers behauptet, er hätte nichts damit zu tun. Er sagt, wenn ein paar Jungen vom Fotoclub abends noch in der Dunkelkammer arbeiten wollten, dann gäbe er ihnen schon mal den Schlüssel zum Heizungskeller."
„Bei mir zu Hause", sagte Lex, „in meinem Zimmer auf meinem Schreibtisch liegt ein großes Löschblatt. Darunter liegen ein paar Drohbriefe mit seiner Handschrift und mit dem Symbol, das sie auch an die Wände in der Schule gesprüht haben. Und da liegt auch eine Namensliste. Alles Leute, die etwas damit zu tun haben."
Als König gegangen war, bückte sich Ines und nahm einen Plastikbeutel, der neben ihrem Stuhl gestanden hatte, kramte darin herum und holte dann ein kleines Päckchen heraus.
„Ich hab immer noch dein Geburtstagsgeschenk", sagte sie und legte das Päckchen neben seine linke Hand auf die Bettdecke.
„Machst du es für mich auf", bat er. „Ich kann nur eine Hand bewegen. Der Arzt hat gesagt, die Flasche kann erst heute abend weg. Frühestens."
Ines riß das Klebeband ab, fummelte mit Papier herum und zeigte ihm dann ein kleines Etui aus Plastik. Als sie es öffnete, sah er Montiereisen für Fahrradreifen, eine Tube Klebstoff, Schlauchflicken, Schmirgelpapier und ein Stückchen Ventilgummi.
„Kannst du immer bei dir haben, in der Schultasche, oder in der Jackentasche", sagte sie.
„Herzlichen Dank", sagte Lex. Und dann: „Weißt du, daß mein Fahrrad noch irgendwo in der Nähe der Schule steht? Wenn es da noch steht!"

Und jetzt stand Sandra an seinem Bett. Er hatte gehört,

wie die Tür leise geöffnet und genauso behutsam zugemacht wurde. Er hatte sie durch den Gang neben der Badezimmertür kommen sehen, ein braunes Mädchen, den Kopf voller schwarzer Locken, in den Händen zwei Blumensträuße.

Sie blieb stehen, guckte ihn an, seufzte und kam auf ihn zu. „Ich hab mich kaum getraut hinzusehen“, sagte sie. „Es war so schrecklich gestern. Du hast nur dagelegen und gestöhnt, und ab und zu hast du gejammert. Wie ein Hund, der Schmerzen hat.“

Er reichte ihr die Hand.

Sie wollte die Blumen auf sein Bett legen, überlegte es sich aber und schaute sich suchend um.

„Ein Strauß von Oktay, Edwin, Bram und Robbi und von mir, weil du die ganze Zeit über auf unserer Seite warst. Und ein Strauß nur von mir, weil es meine Schuld ist, daß du hier liegst.“ Sie wußte immer noch nicht, wo sie die Blumen lassen sollte.

„Da ist das Badezimmer“, sagte er und deutete auf die Tür neben dem Gang. „Vielleicht kannst du sie da irgendwo hintun, dann fragen wir gleich die Schwester, ob sie ein paar Vasen hat.“

Er hörte den Wasserkran laufen und hoffte, sie würde endlich zu ihm kommen. Sie kam wieder ins Zimmer, nahm sich einen Stuhl und setzte sich zu ihm ans Bett. Er streckte noch einmal die Hand nach ihr aus, aber sie reagierte nicht.

Sie seufzte tief.

„Ich bin froh, daß es dir wieder besser geht“, sagte sie. „Gestern hab ich hier an deinem Bett gesessen und geheult. Ich mußte immerzu denken: Wenn er stirbt, ist es meine Schuld.“

„Weil ich mich da reingestürzt hab, um dir zu helfen? Dann kannst du doch ebensogut sagen, es wäre meine Schuld?“

Sie schüttelte den Kopf. „Nein, den ganzen Plan, den hab ich mir doch ausgedacht. Ich dachte, der wäre so gut, aber es ist doch noch fast schiefgegangen. Wir hatten nicht damit gerechnet, daß es so viele sein könnten."

„Ein Plan?" fragte er überrascht. „Kann man sich denn selbst nach einem Plan überfallen lassen?"

„Ja", erwiderte sie. „Das hast du doch gesehen."

„Wie hast du das denn angestellt?"

„Das ist eine lange Geschichte." Sie setzte sich bequemer. Langsam entspannte sie sich. „Ich hab ja schon gesagt, daß du uns ganz toll geholfen hast. Zusammen mit Annes Schwester hast du uns auf die richtige Fährte gebracht. Ihr wart doch immer hinter Martin Holzmann her. Wie seid ihr eigentlich auf den Gedanken gekommen?"

„Dummer Zufall", sagte er. „Er erzählte mir, ihm täte es so leid, daß du auf der Straße überfallen worden bist, obwohl du doch in der Schule kein Wort davon gesagt hast. Und dann erzählte Ines mir, daß er bei der Klassenfete vergangenes Jahr nicht neben dir sitzen wollte und alle möglichen häßlichen Bemerkungen über Schwarze und Türken gemacht hat. Mir war schon aufgefallen, daß er in der Pause nie bei unserer Klasse saß, sondern immer mit den gleichen Burschen da hinten an einem Ecktisch."

Sandra nickte.

„Gut", sagte sie. „Ihr seid dem sauberen Martin Holzmann zu den anderen gefolgt, aber er wußte, daß ihr immer hinter ihm wart."

„Ja", sagte er, „das weiß ich."

„Das weißt du?"

„Das hab ich erst später begriffen", sagte er. „Sie haben ein paarmal kontrolliert, ob ich zu Hause wäre. Sie haben nie angerufen, wenn ich nicht zu Hause war. Don-

nerstag abend war wieder so ein Anruf. Als ich meinen Namen nannte, wurde am anderen Ende sofort aufgelegt. Darum wußte ich, daß sie etwas vorhatten."
„Weißt du denn auch, daß wir euch gefolgt sind?"
Er hatte das Gefühl, sie plötzlich saudumm anzustarren.
„Wenn Martin Holzmann bei einem seiner Freunde angekommen war, haben wir uns schnell verzogen und zwei andere der Gruppe beschattet. Die fühlten sich dann so sicher, daß sie überhaupt nicht mehr aufgepaßt haben. Sie haben uns zu zehn anderen geführt."
„Das ist also die Liste mit zweiundzwanzig Namen, von der die Polizei sprach", sagte er.
„Ja, die hat Oktay der Polizei gegeben", sagte Sandra stolz.
„Aber weißt du auch, daß White Power viel größer war? Die zweiundzwanzig haben vielleicht die Drecksarbeit gemacht, die sind so etwas wie ein harter Kern. Ich hab eine Liste mit dreiundsiebzig Namen, aus fast allen Klassen unserer Schule, auch aus den unteren. Die Namen hat die Polizei jetzt auch."
„Woher weißt du das alles?"
„Zufall", sagte er. „Wieder einmal."
Er hob die linke Hand, legte die Spitzen von Daumen, kleinem Finger und Ringfinger aneinander und streckte Zeigefinger und Mittelfinger. Dann ließ er die Hand aus dem Bett hängen.
„So hielten sie die Finger der linken Hand, wenn sie in der Schule rumliefen, und wenn sie sich begrüßen wollten, wurde der Daumen kurz gestreckt. So. Wenn man nicht genau aufpaßte, fiel das überhaupt nicht auf."
Sie nahm seine Hand und drückte sie ganz fest. Dann schob sie ihren Stuhl dichter ans Bett heran.
„Phantastisch", sagte sie. „Und wir haben manchmal über dich gelacht, weil du jemanden beschattet hast, der

das wußte und gegen dich verwendete, indem er dich von bestimmten Orten fernhielt. Und weil du nicht gemerkt hast, daß wir das zu unserem Vorteil ausgenutzt haben."

„Wer war denn deiner Meinung nach der Führer der White-Power-Bande?" fragte er.

„Martin Holzmann oder Rudi Pennings", sagte sie bestimmt. „Wenn du das Haus von Pennings beobachtet hast, zusammen mit dem Mädchen, dann war auch Martin Holzmann da drin. Dann kamen die anderen an ganz anderen Orten zusammen. Wir nehmen an, daß sie dann angerufen wurden und ihnen gesagt wurde, was sie zu tun hätten."

„Nein", sagte er. „Erinnerst du dich, daß ich dich gefragt habe, wie die Drohbriefe aussahen, die ihr alle bekommen habt?"

Sie nickte.

„Du hast gesagt, die wären auf der Maschine getippt. Aber ich hatte zwei, die waren mit der Hand geschrieben. Damit hat er sich verraten. Das ist die Handschrift von Donkers."

„Wer ist Donkers?" fragte sie.

„Der neue Zeichenlehrer, der junge, der auch den Fotoclub aufgebaut hat. Der wohnt bei euch in der Straße. Neben Pennings."

Sie schaute ihn schweigend an und spielte mit den Fingern seiner linken Hand. Dann ließ sie plötzlich los und sagte: „Du hast also schon alles gewußt und nicht gemeldet? Dann ist es auch deine eigene Schuld, daß du hier liegst. Wann hast du das rausgekriegt? Weiß die Polizei das schon?"

„Ja", sagte er leise. „Natürlich weiß das inzwischen die Polizei. Aber ich hab das erst Donnerstag nachmittag entdeckt, an meinem Geburtstag, und da wollte meine Mutter nicht allein rumsitzen und hat gesagt, ich sollte

nach der Schule sofort nach Hause kommen. Ich hab so gehofft, du würdest anrufen."
Sie schwieg. Ihre Augen waren noch dunkler als sonst. Dann schüttelte sie den Kopf.
„Nein", sagte sie. „Dafür hatte ich keine Zeit. Wir haben alles für den Abend vorbereitet. Für den großen Fang, der ja eigentlich schon nicht mehr nötig war."
„Weißt du noch, wie wir auf dem Parkdeck standen?" fragte er. „Da hab ich dich gefragt, ob ich bei euch mitmachen dürfte. Wenn wir das getan hätten... Aber du hast gesagt, ihr wolltet nicht mit Weißen zusammenarbeiten. Daran hab ich immer wieder denken müssen. Damit machst du es doch nur noch schlimmer. Auf die Art machst du den Abstand doch gerade noch größer. Wenn du dich isolierst..."
Sie zog die Schultern hoch.
„Wir fühlten uns bedroht. Von Weißen. White Power, du weißt ja! Wir mußten uns doch etwas ausdenken zu unserer Verteidigung. Und du hast am gleichen Vormittag noch gesagt, du würdest gegen sie auch Gewalt gebrauchen. Das wollten wir nicht. Das hatten wir verabredet. Wir wollten uns nur verteidigen. Wenn wir Gewalt gebraucht hätten, hätten wir damit den Abstand zwischen uns und den Weißen nur noch vergrößert. Dann würden die Leute mit den Fingern auf uns zeigen und sagen: Alles Terroristen! Die sollen endlich verschwinden!"
Er mußte an die Reaktion seiner Mutter denken. Vielleicht hatte Sandra recht.
„Und da habt ihr euch ausgedacht, wie ihr einen Überfall provozieren könnt?" fragte er.
„Ja", antwortete sie und seufzte. „Wir wollten sie dazu bringen, sich zu verraten. Sie waren einfach nicht zu fassen. Wir konnten zwar zum Direktor oder zur Polizei gehen und sagen: Hier ist eine Liste mit Namen, da ste-

hen die Jungen drauf, die Sie suchen, aber wir hatten Angst, man würde uns nicht glauben. Das sind alles so nette Jungs, und denen traut man eher als einem Türken oder einem Neger aus Surinam. Und wenn sie sie doch verhören und die Jungs dann alles abstreiten sollten, und wenn die Polizei dann keine echten Beweise hätte, na, dann könnte es doch nur noch schlimmer werden mit den Rempeleien und Drohungen. Nein, wir mußten uns etwas ausdenken, sie mußten sich eine Blöße geben, und zwar so, daß die Polizei sie erwischen könnte."

„Das ist euch jedenfalls gelungen", sagte er. „Aber..."

Mit kurzem Ruck zog sie ihren Stuhl noch näher heran. Im Sitzen war sie kaum größer als sein Krankenbett hoch war.

„Es war mein Plan", sagte sie. „An deinem Geburtstag wollte ich etwas unternehmen. Ich nahm an, daß du an dem Abend zu Hause bleiben würdest und das Mädchen dann wohl auch bei dir wäre. Ich wollte nicht, daß du da reingezogen würdest. Das könnte viel zu gefährlich werden."

„Warum?"

„Sie wußten doch, daß du Martin Holzmann dauernd verfolgt hast. Womöglich wollten sie sich rächen. Auch an dem Mädchen."

„Ines", sagte er.

„Naja", sagte sie, „dein Geburtstag brachte mich eigentlich auf den Gedanken. Wir mußten einfach so tun, als hätte Oktay Geburtstag, und wir mußten dafür sorgen, daß die Kerle auch wußten, daß dann ein paar von uns bei Oktay sind."

„Wohnt Oktay denn über dem Einkaufszentrum?"

„Ja, und sie hatten immer noch nicht rausgekriegt, daß wir uns meistens da trafen. Es gibt viele Möglichkeiten, ins Gebäude zu kommen. Einfach durch die Eingangshalle, aber auf der anderen Seite der Galerie ist auch

noch ein Treppenhaus, das führt auf eine Seitenstraße. Das ist so etwas wie ein zweiter Eingang, vor allem für Leute, die ihren Wagen im Parkhaus haben. Die Tür ist ziemlich unauffällig und wird nur sehr wenig benutzt. Tagsüber, in der Geschäftszeit, kann man auch vom Einkaufszentrum aus reinkommen, und von jeder Etage des Parkhauses kann man auch ins Treppenhaus."
„Darum warst du damals so schnell verschwunden, als sie uns die Reifen zerstochen haben."
Sie nickte.
„Da haben Edwin und ich dafür gesorgt, daß wir montags immer in der Nähe der Typen blieben. In der Schule, meine ich. Ich sollte mich um Martin Holzmann kümmern, Edwin würde Markus van Doorn übernehmen, der war bei ihm in der Klasse. Ich stand in der Kantine vor Martin Holzmann in der Reihe, als Oktay kam und mich für Donnerstag zu seinem Geburtstag einlud. Ich hab ihn gefragt, wie viele Leute denn kommen würden. Vier, sagte er, Edwin, Robbi und Bram würde er noch einladen. Da hab ich ihm gesagt, ich könnte aber nicht viel länger als bis zwölf Uhr bleiben, sonst würde ich Ärger mit meinem Vater kriegen. Danach ist Oktay mit demselben Schmus zu Edwin gegangen, auch wieder so, daß Markus van Doorn alles hören mußte."
„Auf der Schule liefen unheimlich viele davon rum", sagte er. „Darum konnten sie also am Montag alles schnell organisieren und euch im Auge behalten. Ihr seid erkennbar, durch euer Aussehen. Sie konnten zuhören und den Mund halten und unerkannt bleiben."
„Ja", meinte sie. „Und dann mußten wir ja noch alles vorbereiten. Wir hatten neun Jungs im Parkhaus, drei auf jeder Etage. Die mußten uns sofort warnen, wenn jemand ins Parkhaus kam, denn wir wollten nicht von hinten angegriffen werden. Wir sollten um zwölf Uhr mit dem Fahrstuhl runterfahren, und Oktay sollte mit den Jungs

auf der ersten Etage warten. Wenn die Typen dann zum Vorschein kamen, sollte Oktay mit seiner Gruppe die Treppe runterkommen. Mehr Leute hatten wir nicht, denen wir so trauten, daß wir sie bitten konnten mitzumachen. Mädchen und Kinder kann man doch nicht..."

Sie hörten die Tür aufgehen. Sandra schaute sich erschrocken um und schob ihren Stuhl ein Stückchen zurück. Es war dieselbe Schwester, die gestern abend Dienst hatte, als er aufgewacht war. Sie kam ans Bett und fühlte seinen Puls.

„Du liegst zwar vorübergehend in der ersten Klasse", sagte sie, „aber bilde dir nicht ein, daß du darum schon ein Patient der ersten Klasse bist. Du darfst nicht so lange Besuch haben."

„Ich geh ja gleich wieder", sagte Sandra.

Mürrisch blickte die Schwester sie kurz an. Dann drehte sie sich um und verließ das Zimmer.

„Das ist der reinste Sauertopf", sagte Lex leise.

„Weiß ich", sagte Sandra. „Das hab ich gestern schon gemerkt. Aber... eh... ja, wir hatten also nicht mehr Leute. Aber wir hatten vier jüngere Burschen an verschiedenen Stellen in der Stadt postiert. Und bei Holzmanns..."

„Der war mittags schon aus dem Haus gegangen. Der ist die ganze Zeit bei Pennings gewesen."

„Woher weißt du das?"

„Von Ines. Das hat sie mir am Donnerstag abend noch erzählt."

„Der Junge hat da tatsächlich bis nach halb zwölf gestanden. Die Jungs, die bei Pennings, Meulendijk und Krot standen, hatten mehr Glück. Die sind alle drei bei eurer Schule gelandet. Einer hat Martin Holzmann verfolgt und erst gar nicht bemerkt, daß Ines ihn auch verfolgte. Dann hat einer unserer Jungs Oktay angerufen und durchgegeben, daß da fünfzehn bis zwanzig Leute wä-

ren. Damit hatten wir überhaupt nicht gerechnet, und auch nicht damit, daß du plötzlich auftauchen könntest. Wie bist du eigentlich auf den Gedanken gekommen, zur Schule zu fahren? Ines ist nicht aus ihrem Versteck gekommen, die kann dich also nicht angerufen haben."
„Anne rief mich an", sagte er. „Die wollte fragen, ob Ines bei mir wäre. Da bin ich sie dann suchen gegangen. Auch bei der Schule. Die letzten Male, wo sie was angestellt hatten, hatte das ja immer etwas mit unserer Schule zu tun."
Sandra nickte. „Als die ersten White-Power-Typen aus der Schule kamen, ist einer unserer Jungs so schnell wie möglich auf einem anderen Weg zu uns gekommen und hat uns gesagt, daß sie im Anmarsch wären. Die anderen beiden sind hinter euch geblieben."
„Dann hab ich mich doch nicht getäuscht", sagte er. „Ich hatte dauernd das Gefühl, daß uns jemand folgt, aber wir konnten niemanden sehen."
„Wir hatten inzwischen doch noch acht Leute angerufen", sagte sie. „Die saßen im Schuh-Schnelldienst. Die haben euch kommen sehen."
„Darum waren sie so schnell da", meinte er.
„Zum Glück. Ich weiß nicht, wie es sonst ausgegangen wäre. Die Typen haben sich furchtbar erschrocken, als du da plötzlich reingestürmt kamst und um dich geschlagen hast. Als du dann hingefallen bist, haben sie an dir ihre Wut ausgelassen. Drei, vier Mann haben dich getreten, wo sie dich nur treffen konnten."
Mit einer plötzlichen Bewegung legte sie ihm die Hand auf den Unterarm.
„Lex", sagte sie, „es war schrecklich. Ich dachte, du wärest tot. Ich ... ich ..."
Als die Tür aufging, ließ sie ihn los, als hätte sie sich an ihm verbrannt.
Oktay steckte den Kopf zur Tür herein.

„Hallo“, sagte er. „Vielen Dank für deine Hilfe.“ Und dann: „Kommst du, Sandra?“
„Ich komme“, sagte sie, während sie aufstand und den Stuhl zurückschob.
„Oktays Vater hat Ärger im Haus. Die Leute hatten anfangs schon was dagegen, daß er da eine Wohnung bekam, aber als sie hörten, daß er Lehrer ist, haben sie sich einigermaßen beruhigt. Jetzt geht es wieder los. Heute abend wollen sie mit ihm über die Schlägerei reden. Wir haben versprochen, ihm zu helfen, alles genau zu erklären.“
„Kommst du morgen wieder?“ fragte er.
Sie schaute über die Schulter. Oktay war nicht mehr zu sehen.
„Das weiß ich noch nicht“, sagte sie leise und legte ihm leicht die Hand auf die Wange. „Ich will es versuchen.“